南方出版传媒
花城出版社

选堂诗词评注

西海集

饶宗颐 著
陈韩曦 翁艾 注译

中国·广州

图书在版编目（CIP）数据

西海集 / 饶宗颐著 ; 陈韩曦, 翁艾注译. -- 广州 : 花城出版社, 2015.2（2018.3重印）
（选堂诗词评注）
ISBN 978-7-5360-7348-7

Ⅰ. ①西… Ⅱ. ①饶… ②陈… ③翁… Ⅲ. ①古体诗－诗集－中国－当代 Ⅳ. ①I227

中国版本图书馆CIP数据核字(2014)第297318号

出 版 人：詹秀敏
策划编辑：詹秀敏
责任编辑：李 谓 杜小烨
技术编辑：薛伟民 凌春梅
装帧设计：王 越
图片来源：饶清芬 陈韩曦
香港大学饶宗颐学术馆
图片编辑：曾雅丽

书 名 西海集
XIHAI JI
出版发行 花城出版社
（广州市环市东路水荫路 11 号）
经 销 全国新华书店
印 刷 佛山市浩文彩色印刷有限公司
（广东省佛山市南海区狮山科技工业园 A 区）
开 本 787 毫米×1092 毫米 16 开
印 张 6.75 11 插页
字 数 110,000 字
版 次 2015 年 2 月第 1 版 2018 年 3 月第 2 次印刷
定 价 25.00 元

如发现印装质量问题，请直接与印刷厂联系调换。
购书热线：020－37604658 37602954
花城出版社网站：http://www.fcph.com.cn

1978年9月，饶宗颐在法国高等研究院宗教部任教时与师生合影

1993年11月，饶宗颐在法国“皇门静室”与汪德迈合影

欧诺河畔秋晨

离卢道中

地中海南岸

中峤写生

法南醋山写生

目　录

中峤杂咏

飞越阿尔卑斯（Alpes）山

俯视洛桑湖，十洲余几点。
丛芮[①]如可数，沉雾倏斜掩[②]。
我骑在鹏背，扶摇笑鸿渐[③]。
日光万丈毫，历历映岩隒[④]。
改容[⑤]睆天緈[⑥]，玄黄[⑦]变忽奄。
峨峨[⑧]太古雪[⑨]，精气寒未敛。
氤氲[⑩]抱危石[⑪]，佳胜乃在险。
騑駊[⑫]撇空起，返照留余闪。
颇讶阊阖[⑬]近，终疑梦悸魇。
大荒[⑭]汝何依，孤航逐风飐[⑮]。
八纮[⑯]只俄顷，弹指出重崦。
好山天馈余，彩笔宜濡染[⑰]。
初月方眷西，林壑休尘忝[⑱]。

注释：

①丛芮：丛生的茅草。唐·韩愈《岳阳楼别窦司直》诗："夜缆巴陵洲，丛芮才可傍。"钱仲联集释引孙汝听曰："丛芮，岸上蘩（丛）茅，可维舟处。"

②斜掩：半掩。唐·温庭筠《春暮宴罢寄宋寿先辈》诗："斜掩朱门花外钟，晓莺时节好相逢。"

③鸿渐：《易·渐》："初六，鸿渐于干"，"六二，鸿渐于磐"，"九三，鸿渐于陆"，"六四，鸿渐于木"，"九五，鸿渐于陵"。谓鸿鹄飞翔从低到高，循序渐进。

④岩隒：山崖。

⑤改容：改变仪容；动容。《庄子·德充符》："子产蹵然改容更貌曰：'子无乃称！'"

⑥天緈：上天之事，此指空中。《汉书·扬雄传上》："上天之緈，杳旭卉兮。圣皇穆穆，信厥对兮。"颜师古注："緈，事也。"

⑦玄黄：指天地的颜色。玄为天色，黄为地色。代指天地。《易·坤》："夫玄黄者，天地之杂也，天玄而地黄。"

⑧峨峨：高貌。《文选·〈楚辞·招魂〉》："增冰峨峨，飞雪千里些。"

⑨太古雪：自洪荒以来从无人类触摸过的雪称"太古雪"。

⑩氤氲：古代指阴阳二气交会和合之状。代指迷茫貌；弥漫貌。

⑪危石：高大的岩石。《庄子·田子方》："尝与汝登高山，履危石，临百仞之渊，若能射乎？"

⑫骕駿：高大貌。《字汇·马部》："駿，駿骕，高大貌"。

⑬阊阖：传说中的天门。《楚辞·离骚》："吾令帝阍开关兮，倚阊阖而望予。"王逸注："阊阖，天门也。"

⑭大荒：荒远的地方；边远地区。《山海经·大荒东经》："东海之外，大荒之中，有山名曰大言，日月所出。"

⑮风飐：风吹。

⑯八纮：八方极远之地。《淮南子·墬形训》："九州岛之外，乃有八殡……八殡之外，而有八纮，亦方千里。"高诱注："纮，维也。维落天地而为之表，故曰纮也。"

⑰濡染：浸湿。常指运笔写字作画。唐·李商隐《韩碑》诗："公退斋戒坐小合，濡染大笔何淋漓！"

⑱尘忝：犹言忝列。多谓自己的才能有辱于所任的职位。此谓山林迎月之景。南朝·梁·任昉《到大司马记室笺》："顾己循涯，寔知尘忝。"

浅解：

此诗描写了饶公空中俯视阿尔卑斯山的体验，洛桑湖、太古雪、雾霭环山、落日余霞、新月映林等颇具阿尔卑斯山特色的景物被饶公逐一描绘出来，一睹阿尔卑斯山脉的宏伟壮观以及大自然的鬼斧神工。

简译：空中俯视洛桑湖畔，诸岛精致如小点。岸边丛草清晰可辨，雾霭沉沉半掩其中。我跨坐于大鹏之背，嘲笑低飞的鸿鹄。金阳放出万丈毫光，交映山崖清晰分明。改变姿势睨视天空，眼前忽现另一番天地。峨峨太古之雪，亘古终寒精气未敛。高耸的山石弥漫着烟气，山峦雄姿胜在险峻。高大骏马腾空而起，余光反射闪耀天际。恍觉天门近在咫尺，又疑惊梦中有什么东西压住不能动弹。荒远之境何所依傍，影单之帆随风而去。飞越荒地俄顷之间，弹指已迈万重之山。上天馈赠美好山水，运笔作画鬼斧神工。月依西边渐明渐亮，山林莫要害羞闪躲。

罗马圆剧场（Colosseo）废址

圆剧场为罗马人娱乐游戏之所，纪元七十二年，俘犹太人三万驱使建筑，历八载始成，可容观众八万人。地下藏猛兽，供与勇士角斗。及时，斗者鱼贯入场，行近皇帝座前肃立，言曰：敬礼凯撒皇帝，将死之人，向汝敬礼。（Ave, Caesar Imperator，Morituri te Salutant.）有时驱奴隶罪犯异教徒与猛兽格斗，致死者尤多。如是表演亘六百年，死者逾五十万。后改角斗场，为畋猎区，Titus 帝于此戏杀野兽九千，Trajan 帝竟戏杀至一万一千只，自二六〇年波斯王 Sapor 攻入叙利亚及小亚细亚，罗马皇帝 Valerian 被俘，波斯王用之作上马磴，旋剥其皮悬之神庙。至二八五年，罗马遂分四帝，继之异族入侵，终至崩溃。

城旦①艰难八载成，劫灰②历历古今情。
穹庐③犹是凌霄汉④，六百年间恨不平。

注释：

①城旦：古代刑罚名。一种筑城四年的劳役。《墨子·号令》：“以令为除死罪二人，城旦四人。”孙诒让间诂引应劭曰：“城旦者，旦起行治城，四岁刑也。”

②劫灰：劫火的余灰。南朝·梁·慧皎《高僧传·译经上·竺法兰》：“昔汉武穿昆明池底，得黑灰，问东方朔。朔云：‘不知，可问西域胡人。’后法兰既至，众人追以问之，兰云：‘世界终尽，劫火洞烧，此灰是也。’”后因谓战乱或大火毁坏后的残迹或灰烬。

③穹庐：古代游牧民族居住的毡帐，此借指圆剧场。《乐府诗集·杂歌谣辞·敕勒歌》：“天似穹庐。”

④霄汉：霄：云天。汉：银河。霄汉：指天空。

浅解：

公元 72 年，罗马非拉维王朝的创立者韦斯巴芗为纪念征服耶路撒冷，强迫数万名犹太人建造圆形剧场，历经八个寒暑，到公元 80 年代由他的儿子获度完成。饶公观剧场废址，遥想当年建筑此场耗费的人力物力，犹太人所遭受的各种磨难，时至今日，记忆犹新而无法忘怀。

简译：艰难劳役八年方始建成，当年劫灰至今历历在目。伟岸圆形之庐直逼天顶，六百年间愤恨仍无法平息。

陵皋①茫茫带日曛，基扃②固护想雄勋。
可怜马磴③成奇戮，残霸谁教免豆分④。

注释：

①陵皋：原指坟墓，此代指圆剧场废墟。唐·刘长卿《孙权故城下怀古兼送友人归建业》诗："古来壮台榭，事往悲陵皋。"

②基扃：泛指城阙。《文选·鲍照〈芜城赋〉》："观基扃之固护，将万祀而一君。"李善注："《说文》曰：'扃，外闭之关也。'凡文士之言基扃，泛论城阙。"

③马磴：古代战将的上马石。

④豆分：豆分瓜剖，像瓜被剖开，豆从荚里裂出一样。比喻国土被分割。南朝宋·鲍照《芜城赋》："出入三代，五百余载，竟瓜剖而豆分。"

浅解：

修建圆剧场原本彰显了当时罗马帝国的国富民强，然演变成令人惧怕的杀人斗兽之所令世人痛心不已，帝国走上衰亡的不归路已显而易见。

简译：余阳交映辽阔旷远的剧场，城阙固若金汤彰显丰功伟绩。可怜到头当做上马之石惨遭杀害，残酷霸凌难免国衰而家乱。

手格①千群付一鞶，喑呜②林木动星辰。
罼罘③漫野今安在，角觝④宁哀待死人。

注释：

①手格：徒手格击。《史记·殷本纪》："〔纣〕材力过人，手格猛兽。"

②喑呜：怒喝。唐·骆宾王《代李敬业传檄天下文》：“喑呜则山岳崩颓，叱咤则风云变色。”
③罼罘：罼，古代帝王的一种仪仗；罘，古代宫殿城墙四角上的小楼。此指罗马帝国的辉煌。
④角觝：类似现在摔跤、拳斗一类的角力游戏。

浅解：

勇士斗兽只为罗马皇帝的一时欢愉，此等劣行令天地恸哭、令世人愤慨，也让人替当时葬身剧场的人们感到惋惜。

简译：徒手斗兽博得君王一笑，林木怒号惊动日月星辰。当年帝国辉煌如今何在，死于斗场的人们甚为惋惜。

门锁修龄[①]白日长，人间换尽旧伊凉。
雄狮猛士真何益，未解拽尸[②]意可伤。
（拽出死尸喻悟得西来意，见《传灯录》）

注释：

①修龄：长寿。三国·魏·阮籍《咏怀》诗之六九：“修龄适余愿，光宠非己威。”
②拽尸：《传灯录》：“潭州石霜山性空禅师，僧问：如何是西来意？师曰：若人在千尺井中，不假寸绳出得此人，即答汝西来意。僧曰：近日湖南畅和尚出世，亦为人东语西话。师唤沙弥，拽出死尸着（沙弥即仰山也）。沙弥后举问耽源：如何出得井中人？耽源曰：咄！痴汉谁在井中？后问沩山，如何出得井中人？沩山乃呼慧寂，寂应诺。沩山曰：出也。及住仰山尝举前语谓众曰：我耽源处得名，沩山处得地。”

浅解：

当年修建的圆场废墟依旧存在，但已物是人非。盛极一时的文明古国没落而消失，人们能否真正体悟人生的追求、人类的追求？饶公质问当年罗马统治者的追求，并用“可伤”二字作出了解答。

简译：年复一年门锁依旧，世间淘尽当年凄凉。雄狮猛士有何益处？难悟西来着实可悲。

欲谱无愁果有愁，北齐歌吹亦温柔①。
白杨风起多冤魂，掷尽头颅可自由。

注释：

①欲谱无愁果有愁，北齐歌吹亦温柔：唐·李商隐《无愁果有愁曲北齐歌》，北齐高纬时称“无愁天子”，无愁真无愁吗？大兴土木“竞为贪纵，人不聊生”。武平七年（576）十月，北周武帝发兵攻北齐，六个月后灭北齐，高纬身首相异，果然无愁暗藏无尽哀愁。李商隐借此对时政微旨。饶公此诗亦化用其意表达自己对修建圆剧场的罗马皇帝的不满。

浅解：

有时候人们看到的并非真实的现象，即使荒淫的北齐皇帝亦有人称他为“无愁天子”，辉煌的表面隐藏人性的丑陋，那些为自己的自由搏斗枉死之人，值得人们的同情。

简译：无愁暗藏无尽哀愁，北齐贪纵歌亦温柔。白杨树下冤魂众多，人头落地方可自由。

经阿尔巴诺（Albano）湖[①]

藏林杰观[②]问真源[③]，古道行人与雨繁。
客里光阴如过鸟[④]，绕湖一匝已黄昏。

注释：

①Albano 湖：阿尔巴诺湖，湖在罗马郊外，其侧 Castel gandolfo，教皇庇护十二世每周两度莅止。

②杰观：雄伟的景观。清·吴敏树《荷塘寺僧谱序》："岳州城南有塔矗然湖上之云中者，唐时慈氏寺塔也。累砖实土为之，至今完固不坏，为郡城之杰观。"

③真源：谓本源，本性。南朝·梁·刘潜《和昭明太子钟山解讲》诗："回舆下重阁，降道访真源。"

④客里光阴如过鸟：宋·刘子寰《玉楼春》："蒲花易晚芦花早，客里光阴如过鸟。"

浅解：

行客车水马龙，Albano 湖雄伟壮阔的景色令人流连忘返，几乎感觉不到时间的流逝。人生如此，行客匆匆。

简译：林密佳境感受自然真性，雨落古道行人络绎不绝。行客匆匆如过境之鸟，绕湖一周已近黄昏。

庞贝（Pompei）四首

庞贝（Pompei）在公元前八十年，为罗马殖民地。公元七九年城为火山所掩毁。

一掩何年载，启扃[①]如翻书。
玉阶且伫立，啼乌[②]惊梦余。

注释：

①启扃：谓开门。宋·洪迈《夷坚三志辛·阎大翁》：“媪始悟，亟率直童启扃，造龛前焚香献纸钱以谢过。”
②啼乌：乌鸦叫声。

浅解：

庞贝（Pompei），是古罗马的一座城市，位于那波利湾的岸边，它于公元 79 年 8 月 24 日被维苏威火山爆发时的火山灰全部覆盖。1599 年，一个建筑师在挖河的时候发现了庞培的遗迹，但一直到 150 多年后，人们才真正开始挖掘这座古城。Pompei 其一，掩埋在六米多深的火山灰下历经春秋万代的庞贝城，如今得以重见天日，宛如在惊梦中苏醒，神气不减当年，令人感叹。

简译：不见天日不知其年，重见天日如翻书页。玉阶彤庭伫立依旧，乌鹊啼鸣惊扰睡梦。

荒草卧残甃[①]，大风发深省。
曾是洗凝脂[②]，壁上衣裳冷。

注释：

①残甃：指残破的城墙。

②凝脂：凝冻了的油脂，比喻光洁白润的皮肤。唐·白居易《长恨歌》："温泉水滑洗凝脂。"

浅解：

谁都无法想象当年繁华兴旺的城市会在一场灾难面前毁于一旦，眼前城阙已生满荒草，洁白的墙壁尽显凄冷，历史给我们带来太多的震撼与心酸。

简译：荒草蔓延残破之瓦，大风吹拂城阙苏醒。曾经光洁白润之壁，如今尽是单薄凄冷。

小霓俄成霰，去日自苦多[①]。
山空闻答履，余响问几何。

注释：

①去日自苦多：已经过去的日子太多了。用于感叹光阴易逝之语。汉·曹操《短歌行》："对酒当歌，人生几何？譬如朝露，去日苦多。"

浅解：

此诗饶公借眼前之景抒发感慨，光阴如此易逝，自然如此残酷，我们的人生何义？我们的历史何如？谁能解答这个亘古不变的话题，现实的种种无奈，始终无人能够解答。我们无法逃避，只能如数尽收，勇敢面对。

简译：天上云霞俄顷成霰，岁月如梭光阴易逝。天地山空谁能解疑？只闻回音无人回应。

观世叹如史，吊古[①]岂异今。
林中谢山鬼[②]，许我一沉吟。

注释：

①吊古：凭吊往古之事。唐·李端《送友人》诗："闻说湘川路，年年吊古

多。”

②山鬼：山神。《史记·秦始皇本纪》：“山鬼固不过知一岁事也。”

浅解：

今日繁华有朝一日也会化为虚无，当今之世与历史古迹有何异同？我们得到了什么？又失去了什么？饶公提出了疑问。

简译：观今世事如同历史，凭吊往古与今无异。林中之神谅解我辈，容许在此深思感叹。

弗罗西诺内（Frosinone）[①]村庄

绣得平原绿欲流，有山如髻水如油。
蓼花[②]枫叶疑相识，尽道殊乡[③]足少留。
泠风[④]清圳想康衢[⑤]，稻陇江南了不殊。
饮得波光同中酒，此身泛泛[⑥]羡双凫[⑦]。

注释：

①弗罗西诺内（Frosinone）：意大利小城，为罗马至 Naples 必经之孔道。
②蓼花：绿狗尾草。高大茂盛，叶绿，且花密红艳。
③殊乡：指不同的趋向。《文选·扬雄〈羽猎赋〉》："壮士忼慨，殊乡别趣，东西南北，骋耆奔欲。"
④泠风：清风，小风。《庄子齐物论》："泠风则小和，飘风则大和。"
⑤康衢：四通八达的大路。
⑥泛泛：引申为随波逐流。王闿运《会试始萍生赋》："诗江海而不沉，游清浊而无忤。岂泛泛以全躯，惟依依以保素。"
⑦双凫：两只水鸟。

浅解：

风景如画的弗罗西诺内村庄饶公无暇欣赏，表面上好像是他正赶路前往罗马无时间顾及，然究则暗含饶公的人生哲理，理想之外的一切追求却不要留变，要勇往直前不受任何事物影响。清风拂过四通八达的大路，然而这里不是自己的故乡，羁旅他乡随波逐流使他羡慕这儿的水鸟。

简译：平原的翠绿如同绣出，山如髻水又如油般珍贵。蓼花枫叶疑似相识，道是不同殊途莫要停留。清风拂过四通八达之路，稻田与江南的没什么差别。饮得波光交错的杯中酒，此身随波逐流羡慕双鸟。

自疏铃铎（Sorrento）遵地中海南岸策蹇[1]晚行

Sorrento 在 Pempei 地下城之南，面海背山，风景独绝。

海角犹名是地中，惊涛如此去无踪。
淄渑[2]胸次浑难辨，不用安禅制毒龙[3]。

注释：

①策蹇：乘跛足驴。驴是地中海沿岸的重要交通工具，岛上起伏的地形、数不清的阶梯、狭窄的巷道，只有驴子能应付。晋·葛洪《抱朴子·金丹》："何异策蹇驴而追迅风，棹蓝舟而济大川乎?"

②淄渑：淄水和渑水的并称。皆在今山东省。相传二水味各不同，混合之则难以辨别。《战国策·齐策六》："黄金横带而驰乎淄渑之间，有生之乐，无死之心，所以不胜者也。"

③安禅制毒龙：安禅，佛教语。指静坐入定。俗称打坐。毒龙，佛教故事。佛本身曾作大力毒龙，众生受害。但受戒以后，忍受猎人剥皮，小虫食身，以至身干命终成佛。见《大智度论》卷十四。后用以比喻妄心。唐·王维《过香积寺》诗："薄暮空潭曲，安禅制毒龙。"

浅解：

乘驴领略地中海风光，看着格调不同的各种景象。令饶公耳目一新，心胸自然开朗。

简译：名符其实的地中海风光，惊涛拍岸来去无踪。佳境罗胸难以辨别，无需安禅亦能制服邪妄。

唾月推烟百里抛[1]，征车[2]独自念劳劳。
天风吹发泠然[3]善，容我孤篷[4]钓六鳌[5]。

注释：

①唾月推烟百里抛：化用李商隐《无愁果有愁曲》诗句："推烟唾月抛千里。""推烟唾月"，即推勘之谓。

②征车：远行人乘的车。唐·韩愈《送侯参谋赴河中幕》诗："别袖拂洛水，征车转崤陵。"

③泠然：轻妙貌。《庄子·逍遥游》："夫列子御风而行，泠然善也。"郭象注："泠然，轻妙之貌。"

④孤篷：常用以指孤舟。唐·皮日休《鲁望以轮钩相示缅怀高致因作》诗之三："孤篷半夜无余事，应被严滩聒酒醒。"

⑤六鳌：神话中负载五仙山的六只大龟。相传渤海之东，有一深壑，中有岱舆、员峤、方壶、瀛洲、蓬莱五山，乃仙圣所居之地。然五山皆浮于海，常随潮波上下往还。"帝恐流于西极，失群仙圣之居，乃命禺强使巨鳌十五，举首而戴之。迭为三番，六万岁一交焉。五山始峙而不动。而龙伯之国有大人，举足不盈数步而暨五山之所，一钓而连六鳌，合负而趣归其国，灼其骨以数焉。于是岱舆、员峤二山流于北极，沉于大海，仙圣之播迁者巨亿计。"事见《列子·汤问》。

浅解：

乘车赏景，飘飘欲飞。微风拂面，轻盈舒适。身处其中，如入仙境。悠然自闲，心旷神怡。快哉如饶公也！

简译：唾月推烟思飘百里，乘车远行劳苦奔波。鬓发迎风轻盈美好，容我于舟独钓六鳌。

凭谁管领日冥冥，眼见奔流注不停。如得出人千尺井①，（石霜性空禅师答僧问。）西来山似佛头青。

注释：

①千尺井：潭州石霜山性空禅师，僧问："如何是祖师西来意？"师曰："如人在千尺井中，不假寸绳，出得此人，即答汝西来意。"僧曰："近日湖南畅和尚出世，亦为人东语西话。"师唤沙弥，拽出这死尸着。沙弥即仰山。山后问耽源："如何出得井中人？"源曰："咄！痴汉，谁在井中？"山复问

沩山。沩召慧寂，寂应诺。沩曰：“出也。”山住后，常举前语谓众曰：“我在耽源处得名，沩山处得地。”

浅解：

饶公从眼前之景联想到石霜性空禅师答僧西来意之典，亦借西来之意阐释地中海景物之超绝。

简译：此地谁管昏日冥冥，奔腾急流倾注不停。不假寸绳而出千尺井，西边之山如佛头青发。

匹马①秋风对逝波②，飘零骨相③惜蹉跎。
暮云袅袅涵空绿，时有翔鸥掠面④过。

注释：

①匹马：一匹马。后常指单身一人。《仪礼·觐礼》：“奉束帛，匹马卓上，九马随之。”

②逝波：指一去不返的流水，亦喻流逝的光阴。《艺文类聚》卷三引南朝·梁·萧子范《夏夜独坐》诗：“一年伤志罢，长嗟逝波速。”

③骨相：指花木枝干的姿态。宋·杨万里《芭蕉》诗：“骨相玲珑透入窗，花头倒挂紫荷香。”

④掠面：掠过水面。

浅解：

苍老之躯独对黄昏之景，飞鸟在飞越千山万水，疲惫掠水而停。鸟尤如此，人何以堪？

简译：迎风独望流逝之水，花木招摇光阴虚度。晚霞缭绕遮天覆地，时有鸥鸟掠水飞过。

登巴黎铁塔放歌

高标[①]特起支山川，皋原[②]千里此脊椽。攀登吾意独茫然，苍苍上有日月悬。悬车[③]辘轳[④]响连连，烈风吹我帝座[⑤]前。我眼因之穷无边，下窥城郭蚁附膻[⑥]。此中陵谷[⑦]几变迁，忆昔蛮触[⑧]相熬煎，断流千里争投鞭[⑨]。名王[⑩]衔璧[⑪]既牵挛[⑫]，万兆辇致[⑬]莫敢愆。黎民倾囊有余钱，积愤难将山谷填。大辱谁教江海湔[⑭]，造为此塔上撑天。岂同士马斗精妍[⑮]。即今都会何阗阗[⑯]。奔车日夜喧哀弦[⑰]。吐茵[⑱]时见口流涎[⑲]，文章绮靡出市廛。（道旁咖啡座为艺人文士麇集之所。）润色[⑳]繁华推后贤。沃土[㉑]由来非自全[㉒]，势高气厚理则然[㉓]。我来窥天[㉔]废朝馆[㉕]，摩挲[㉖]乔木参风烟[㉗]。嘉日游人趋涌泉[㉘]。莽苍[㉙]一气接原田[㉚]。江流滔滔去蜿蜒，逝者如斯[㉛]百喟缠。谁从碧落[㉜]整乾坤[㉝]，欲起拿翁[㉞]笑拍肩。

铁塔（La Tour Eiffel）以工程师阿菲尔得名，一八七〇年普法之役，拿破仑第三被俘。明年二月二十六日媾和，赔款一万兆法郎，分五年清偿，以国民捐输踊跃，先期偿清，德军始撤退。故以余款建此塔为纪念。塔高九八四尺，重七千吨，于一八八九年落成。黄公度登铁塔有“宫阙与城垒，一气作苍莽”句。

注释：

①高标：泛指高耸特立之物。左思《蜀都赋》：“羲和假道于峻岐，阳乌回翼乎高标。”吕延济注：“高标，高枝也。驭日至此，碍于高树，故假道而行。”唐·李白《蜀道难》诗：“上有六龙回日之高标，下有冲波逆折之回川。”

②皋原：沼泽和原野。此指法国平原。唐·温庭筠《郊居秋日有怀一二知己》诗：“皋原寂历垂禾穗，桑竹参差映豆花。”

③悬车：形容险阻。《国语·齐语》：“悬车束马，逾太行与辟耳之溪拘夏。”

④辘轳：利用轮轴原理制成的井上汲水的起重装置。这里是指铁塔镂空结构

显露出的奇峻。

⑤帝座：亦作“帝坐”。古星名。属天市垣。即武仙座α星。战国·甘德、石申《星经》：“帝座一星在市中，神农所贵，色明润。”

⑥蚁附膻：如蚁附膻，像蚂蚁趋附羊肉一般。《庄子·徐无鬼》上说：“蚁慕羊肉，羊肉膻也。”原意含贬义，比喻许多臭味相投的人追求不好的事物或依附有钱有势的人。此形容楼高人小。

⑦陵谷：丘陵和山谷。唐·韩愈《杂说》之一：“然龙乘是气，茫洋穷乎玄间，薄日月，伏光景，感震电，神变化，水下土，汩陵谷。”陵谷变迁指德法的历史变迁。

⑧蛮触：《庄子·则阳》：“有国于蜗之左角者，曰触氏；有国于蜗之右角者，曰蛮氏。时相与争地而战，伏尸数万，逐北，旬有五日而后反。”后以“蛮触”为典，常以喻指为小事而争斗者。

⑨断流千里争投鞭：化用“投鞭断流”。前秦苻坚将攻东晋，部下石越认为晋有长江之险，不可轻动。苻坚说：“以吾之众旅，投鞭于江，足断其流，何险之足恃?”见《晋书·苻坚载记下》。后以“投鞭断流”形容兵众势大。

⑩名王：指拿破仑第三。

⑪衔璧：《左传·僖公六年》：“许男面缚衔璧，大夫衰绖，士舆榇。”杜预注：“缚手于后，唯见其面，以璧为贽，手缚故衔之。”后因称国君投降为“衔璧”。

⑫牵孪：系恋。此指缘故、相关联。汉·袁康《越绝书·外传枕中》：“没溺于声色之类，牵孪于珍怪贵重之器，故其邦空虚。”

⑬辇致：送达。《新唐书·奸臣传上·李林甫》：“尝诏百僚阅贡于尚书省，既而举贡物悉赐林甫，辇致其家。”

⑭湔：除去耻辱。

⑮岂同士马斗精妍：士马精妍，国力强盛。南朝·宋·鲍照《芜城赋》：“财力雄富，士马精妍。”

⑯阗阗：众多、旺盛貌。《诗·小雅·采芑》：“伐鼓渊渊，振旅阗阗。”高亨注：“阗阗，兵势众盛貌。”

⑰哀弦：悲凉的弦乐声。三国·魏·曹丕《善哉行》：“哀弦微妙，清气含芳。”

⑱吐茵：《汉书·丙吉传》：“吉驭吏耆酒，数逋荡，尝从吉出，醉欧丞相车上。西曹主吏白欲斥之，吉曰：‘以醉饱之失去士，使此人将復何所容?

西曹地忍之，此不过污丞相车茵耳。'”后因谓醉后过失为“吐车茵”。

⑲口流涎：淌口水。唐·杜甫《饮中八仙歌》：“道逢曲车口流涎，恨不移封向酒泉。”

⑳润色：修饰文字，使有文采。《论语·宪问》：“为命，裨谌草创之，世叔讨论之，行人子羽修饰之，东里子产润色之。”清·张之洞《登牛首山望终南曲江樊川辋川》：“润色繁华由后王，当年山川本朴鲁。”

㉑沃土：肥美的土地，此指一个国家的疆域。

㉒自全：自保。《史记·高祖功臣侯者年表序》：“《尚书》有唐虞之侯伯，历三代千有余载，自全以蕃卫天子，岂非笃于仁义，奉上法哉?”

㉓则然：就是这样。

㉔窥天：用竹管看天。语本《庄子·秋水》：“是直用管窥天，用锥指地也，不亦小乎!”

㉕废朝馔：废寝忘食。朝馔，早饭。南北朝·沈约《憩郊园和约法师采药诗》：“郭外三千亩，欲以贸朝馔。”

㉖摩挲：抚摸。《释名·释姿容》：“摩挲，犹末杀也，手上下之言也。”

㉗风烟：犹尘世。清·范当世《天津问津书院姜坞先生主讲于此者八年外舅重游其地感欲为诗乃约当世同用山谷武昌松风阁韵》：“姜坞先生此粥馔，百年乔木参风烟。”

㉘涌泉：水向上喷出的泉。《公羊传·昭公五年》：“濆泉者何？直泉也。直泉者何？涌泉也。”

㉙莽苍：空旷无际貌。唐·杜牧《上宰相求湖州第二启》：“如登高四望，但见莽苍大野，荒墟废垄，怅望寂然，不能自解。”

㉚原田：原野上的田地。《左传·僖公二八年》：“原田每每，舍其旧而新是谋。”杜预注：“高平曰原，喻晋军美盛若原田之草。”

㉛逝者如斯：《论语·子罕》：“子在川上曰：'逝者如斯夫！不舍昼夜。'”

㉜碧落：天空；青天。唐·杨炯《和辅先入昊天观星瞻》：“碧落三乾外，黄图四海中。”

㉝整乾坤：整顿乾坤。指整顿混乱局面，使天下恢复应有的秩序，社会趋于安定。唐·杜甫《宿江边阁》：“不眠忧战伐，无力整乾坤。”

㉞拿翁：拿破仑三世。

浅解：

此诗详细阐述了埃菲尔铁塔建立的历史背景和法国人民磨难的经历。逝者如斯，如今的铁塔已成为了众人问天远眺之旅游胜地，铁塔之下的繁华都市的光环亦不能洗尽当年所受的耻辱，对此谁都无能为力。究竟是谁掌管天地世事的变迁，即使是拿破仑在世，也终究无法解答这些问题，只能轻笑而过。

简译：铁塔特立拔地而起，旷野千里成此脊屋。攀登而上我心茫然，海天苍苍日月悬挂。险如悬车异响连连，烈风吹拂帝座于前。视野开阔目视千里，城中人影如蚁附膻。普法之战使法德高下局位，昔日纠纷尽受煎熬，投鞭断流席卷全国。俘虏君王赔款之由，投掷万金莫敢耽延。国民倾囊捐输踊跃，心中怨愤难填山谷。江海浪淘难洗耻辱，顶天立地建成高塔。岂是彰显士马精妍、当今都城繁荣昌盛？车水马龙诉尽辛酸。醉酒失态口角淌涎，文艺麇集佳品此出。增彩润色举荐后贤。疆域从来无法自全，势高气厚理当如此。废寝忘食前来窥天，轻抚乔木参悟世情。嘉日游人络绎不绝。空旷无际接连原野。大江滔滔萦回屈曲，逝者如斯喟然长叹。谁在碧空整顿乾坤？拿翁拍肩笑解心疑。

拿破仑墓

百战终然厄倒戈①，剩从阙下②抚铜驼③。
深宫④池水犹哀咽⑤，绝岛⑥风涛孰更过。
长筭⑦累欷⑧悲短日，丰碑突兀对奔河。
归魂丰沛⑨原无憾，遗语真令涕泗沱。

墓在塞纳河畔。拿翁昔练兵于此，会语他日愿葬此地，后人如其言，并镌其语为墓铭。

注释：

①倒戈：倒拖武器。指军队败逃。晋·葛洪《抱朴子·汉过》："劲锐望尘而冰泮，征人倒戈而奔忙。"

②阙下：宫阙之下。借指帝王所居的宫廷。《史记·梁孝王世家》："于是梁王伏斧质于阙下，谢罪，然后太后、景帝大喜，相泣，复如故。"

③铜驼：亦作"铜驰"。铜铸的骆驼。多置于宫门寝殿之前。晋·陆翙《邺中记》："二铜驰如马形，长一丈，高一丈，足如牛，尾长三尺，脊如马鞍，在中阳门外，夹道相向。"

④深宫：宫禁之中，帝王居住处。战国·楚·宋玉《风赋》："故其清凉雄风，则飘举升降，乘凌高城，入于深宫。"

⑤哀咽：悲伤哽咽。《后汉书·列女传·董祀妻》："欲舒气兮恐彼惊，含哀咽兮涕沾颈。"

⑥绝岛：孤岛。唐·杜甫《白帝城放船四十韵》："绝岛容烟雾，环洲纳晓晡。"拿破仑一生两次被流放到厄尔巴岛以及圣赫勒拿岛两座孤岛。

⑦长筭：亦作"长算"。长远之计。《三国志·蜀志·张嶷传》："太傅离少主，履敌庭，恐非良计长算之术也。"

⑧累欷：屡次欷歔。汉·王褒《洞箫赋》："故闻其悲声，则莫不怆然累欷，撆涕抆泪。"

⑨丰沛：盛多貌。汉·王褒《四子讲德论》："于是皇泽丰沛，主恩满溢。"

浅解：

拿破仑·波拿巴（Napoléon Bonaparte，1769—1821），原名拿破仑·布宛纳，人称奇迹创造者。拿破仑·波拿巴是法国近代资产阶级军事家、政治家、数学家。法兰西共和国第一执政者（1799—1804），法兰西第一帝国皇帝（1804—1814）。曾经征服和占领过西欧和中欧的广大领土，最终兵败流放孤岛，1821年于圣赫勒拿岛去世。饶公此诗对一代帝王表达了无尽的崇敬与惋惜之情，对拿破仑一生的丰功伟绩以及悲惨命运表达了自己的看法，世上没有常胜之军，历史会给每个人予公允的评价，他的形象铭记人心，他的功绩世代相传，他的精神永垂不朽。

简译：百战百胜终然败逃，独留宫阙轻抚铜驼。深宫池水亦显哀咽，风宿孤岛是谁之过？理想难付怆然欷歔，垂名丰碑难敌逝水。皇泽丰沛死应无憾，墓志遗语令人泪涕滂沱。

伯罗亚宫（Château de Blois）吊诗人
奥尔良（Chârlesd’ Orleans）亲王

绝膑[①]髹躯事孰嗟，竟从缧绁[②]就天涯。
讴歌一梦空余恨，禾黍[③]重来尚有家。
万古栖栖怜鸑鷟[④]，百年草草逐风沙。
即看台殿今寥落，剩与黄昏扫落花。

奥尔良（Chârlesd’ Orleans）为路易伯爵（Louis Duke Of Orleans）之子，举兵抗英。折其一腿，被俘至Azincourt，羁留二十五年。以诗托其哀思，所作回肠荡气。既返法，重建宫室于此。其后路易十二法兰西斯第一踵事增华，遂成今日之杰构。

注释：

①绝膑：折断膑骨，此指奥尔良（Chârlesd’ Orleans）亲王断腿之事。《史记·秦本纪》：“武王有力好戏，力士任鄙、乌获、孟说皆至大官。王与孟说举鼎，绝膑。”

②缧绁：亦作“累绁”。捆绑犯人的绳索。引申为牢狱。《论语·公冶长》：“子谓公冶可妻也。虽在缧绁之中，非其罪也。”

③禾黍：《诗·王风·黍离序》：“《黍离》，闵宗周也。周大夫行役至于宗周，过故宗庙宫室，尽为禾黍。闵宗周之颠覆，彷徨不忍去而作是诗也。”后以“禾黍”为悲悯故国破败或胜地废圮之典。

④鸑鷟：凤属。《国语·周语上》：“周之兴也，鸑鷟鸣于岐山。”韦昭注：“三君云：鸑鷟，凤之别名也。”此指奥尔良（Chârlesd’ Orleans）亲王。

浅解：

奥尔良（Chârlesd’ Orleans）亲王，即查理一世。法国历史上最杰出的宫廷诗人之一，查理为法国国王查理六世之弟、奥尔良公爵路易一世之子，母亲为意大利米兰公爵之女瓦伦丁娜·维斯康蒂。1415年英格兰国王亨利五世入侵法国。在著名的阿让库尔战役中，数量上占优势的法军被英格兰长弓兵歼灭，而查理一世正是这场战役中法军的指挥官。他被俘虏后押到英国，在那里度过了25年的人质生活。在这段时间里，他用英语写出了一生中最灿烂的诗句。1462年，玛丽为他生了一个儿子，未来的奥尔良公爵和法国国王路易十二。此诗为缅怀之作。

简译：折腿之厄令人嗟叹，俘虏羁留沦落天涯。世事如梦空留怨恨，历经磨难重返家园。万古孤芳谁人怜惜，百年草木追逐风沙。当年宫殿如今寥落，只留黄昏轻扫落花。

沙维尔尼行宫（Château de Cheverny）晚宴

主人殷勤意不疲，招呼远客来荒陂。
背山临流开爽垲[①]，百里漫劳车载脂[②]。
当年皇族畋游[③]地，别馆[④]近在水中坻。
珠帘甲帐[⑤]宛如昔，罗列宝鼎蟠蛟螭[⑥]。
髹床[⑦]远自中原至，西渐声教[⑧]良可稽。
矞皇[⑨]绘画更妙绝，僧繇虎头[⑩]颐指麾。
旧笳曲美[⑪]动林薮[⑫]，绛袍[⑬]猛士雄武姿。
青云为纷[⑭]虹为缳，想见潘党驱六麋[⑮]。
西山日坠游未散，起烧庭燎[⑯]环阶墀[⑰]。
繁俎绮错[⑱]乐无已，义渠哀激[⑲]人心脾。
攒头万鹿[⑳]满堂壁，京台[㉑]渚宫[㉒]无此奇。
抽毫[㉓]欲试羽猎赋[㉔]，酒酣尚闻风飋飋。

一九五六年巴黎汉学会议既闭幕，午后全体驱车至罗亚河之行宫区（Châteaux de la Loire），遂至 Château de cheverny，晚宴于狩猎馆（The Hunt Museum）。厅悬鹿角逾千，蔚为奇观。行宫外列武士衣古红色猎装，共数十人，奏狩猎古调，声震林木。行宫耸立森林中，有湖沼之胜，为一六三四年 Henri Hurâult 伯爵所建，四壁绘画瑰丽，出于 Blois 画家 Jean Mosnier 之手。路易十五曾驻驿于此，其御用物有来自中国之漆器云。

注释：

①爽垲：高爽干燥。《左传·昭公三年》："子之宅近市，湫隘嚣尘，不可以居，请更诸爽垲者。"

②载脂：抹油于车轴上。谓准备起程。《诗·邶风·泉水》："载脂载舝，还车言迈。"朱熹集传："脂，以脂膏涂其舝使滑泽也。"

③畋游：畋猎游乐。南朝·梁·何逊《七召》："此武材之矫猛，岂能从我而畋游。"

④别馆：帝王在京城主要宫殿以外的备巡幸用的宫室，行宫；别墅。《史记·李斯列传》：“〔始皇〕治离宫别馆，周遍天下。”

⑤甲帐：原指汉武帝所造的帐幕。此指帐幕。《北堂书抄》卷一三二引《汉武帝故事》：“上以琉璃珠玉，明月夜光杂错天下珍宝为甲帐，次为乙帐。甲以居神，乙以自居。”

⑥蛟螭：指器物上的螭形图案。唐·韩愈《岳阳楼别窦司直》诗：“蛟螭露笋簴，缟练吹组帐。”

⑦髹床：用漆涂在床上。指雕花漆金之床。

⑧西渐声教：《尚书·禹贡》：“东渐于海，西被于流沙，朔南暨，声教讫于四海。”把声威教化传播到东、南、西、北四方。

⑨矞皇：休美貌。语本·汉·扬雄《太玄·交》：“物登明堂，矞矞皇皇。”司马光集注引陆绩曰：“矞皇，休美貌。”

⑩僧繇虎头：僧繇，南朝·梁·张僧繇，（苏州）人。梁天监中为武陵王侍郎，直秘阁知画事，历右军将军、吴兴太守。苦学成才，长于写真，并擅画佛像、龙、鹰，多作卷轴画和壁画。成语“画龙点睛”的故事即出自于有关他的传说。虎头，晋·顾恺之，字长康，小字虎头，汉族，晋陵无锡（今江苏无锡）人。顾恺之博学有才气，工诗赋、书法，尤善绘画。

⑪旧笳曲美：《文选·繁钦〈与魏文帝笺〉》：“声悲旧笳，曲美常均。”

⑫林薮：山林与泽薮。

⑬绛袍：红色的战袍。

⑭纷：纷，古代旗子上的飘带，缳，绳套。汉·扬雄《羽猎赋》“青云为纷，虹霓为缳。”

⑮潘党驱六麋：潘党，春秋时楚大夫。《左传》：“晋魏锜求公族未得，而怒，欲败晋师。请致师，弗许。请使，许之。遂往，请战而还。楚潘党逐之，及荧泽，见六麋，射一麋以顾献曰：‘子有军事，兽人无乃不给于鲜，敢献于从者。’叔党命去之。”

⑯庭燎：古代庭中照明的火炬。《诗·小雅·庭燎》：“夜如何其，夜未央，庭燎之光。”

⑰阶墀：台阶。亦指阶面。北魏·郦道元《水经注·瓠子河》：“尧陵东城西五十余步，中山夫人祠，尧妃也，石壁阶墀仍旧。”

⑱繁俎绮错：丰盛的肴馔。三国·魏·应璩《与满公琰书》：“繁俎绮错，羽爵飞腾。”

⑲义渠哀激：指声音悲凉而激越。三国·魏·应璩《与满公琰书》：“牙旷高

徽，义渠哀激。”

⑳攒头万鹿：即万头攒动，此指悬挂于墙壁上的上千只鹿角。

㉑京台：战国时楚国的高台。《战国策·楚策四》：“异日者，更嬴与魏王处京台之下，仰见飞鸟。”鲍彪注：“京，高也。”一说为台名，吴师道补正：“或台名。”

㉒渚宫：春秋楚国的宫名。故址在今湖北省江陵县。《左传·文公十年》：“〔子西〕沿汉泝江，将入郢。王在渚宫，下，见之。”

㉓抽毫：抽笔出套。亦借指写作。唐·吴融《壬戌岁阌乡卜居》诗：“六载抽毫侍禁闱，不堪多病决然归。”

㉔羽猎赋：《羽猎赋》为西汉著名辞赋家扬雄作品。

浅解：

1956 年，饶宗颐出席了在巴黎召开的第九届国际汉学大会，结识了法国著名汉学家戴密微教授。会后，戴密微陪同他游览了法国著名的沙维尔尼行宫，设宴于狩猎馆，饶公赋作此诗。亨利·于罗特（Henri Hurault）曾经是沙维尔尼（Cheverny）地区的领主。在 17 世纪，为了向妻子证明自己的爱，他拆毁了当地的防御工事，并且在原址上修建了当今美丽的沙维尔尼城堡。

简译：主人殷勤留客不疲，招呼远客来此荒境。依山傍水爽朗干燥，驱车起程百里奔波。皇族畋猎游乐于此，邻江水洲渚之行宫。珠帘帐幕如同往昔，罗列宝鼎蟠蜿蛟螭。漆金之床源于中原，声威教化有迹可循。典美绘画精妙绝伦，如若僧繇虎头之笔。旧调重弹撼动林泽，猛士红袍雄霸天下。青云为带虹霓做绳，遥想潘党驱射六麋。夕阳西下意犹未尽，点燃灯炬环阶再聚。美酒佳肴常乐无疆，慷慨悲凉摄人心脾。万千鹿角高悬墙壁，京台渚宫无可比奇。提笔欲仿羽猎之赋，酒酣尚闻飕飕凉风。

沙波宫（Château de Chambord）听古乐

宫在 Boulague 森林中，去罗亚河岸数里而遥。一五一九年法兰西斯第一世所建。王嗜田猎，为靡靡之乐，厥后亨利第三路易十三、十四均游宴于此。莫里哀（Moliere）所作名剧布尔乔亚绅士（Bourgeois Gentilhomme）于一六七〇年十月在此宫中首次演出。

绛宫①近在水桥西，缺月微茫②众草低。
遥想沙丘方猎罢，隔江尽唱白铜鞮③。

注释：

①绛宫：传说中神仙所住的宫殿。此指沙波宫。宋·苏轼《虔州八境图》诗之七："想见之罘观海市，绛宫明灭是蓬莱。"

②微茫：迷漫而模糊，唐·李白《梦游天姥吟留别》："烟涛微茫信难求。"

③白铜鞮：古乐府的曲牌名，梁武帝萧衍在襄阳民歌的基础上，加工创作并形成定制的一种歌舞形式。据《辞源正续编合订本》解释，铜鞮，曲名。（乐府解题）都邑二十四曲，有白铜鞮歌，亦曰襄阳白铜鞮。

浅解：

沙波宫（Château de Chambord），文艺复兴时期的宫殿代表。矗立在索洛涅沼泽地上，其规模之大可以与凡尔赛宫（Versailles）媲美。1519 年时，法王佛朗索瓦一世把国家财政倾销，凝固税金开工建造了这座城堡。佛朗索瓦一世喜欢狩猎，Chambord 城堡最初是国王举行盛大狩猎的地方，到了国王路易十四时期，城堡的工程才最终完成。仍然把它作为打猎时的住所，并让艺术家在这里表演芭蕾舞以及戏剧。

简译：沙波宫殿傍水临桥，天无明月众草低伏。遥想当年田猎兴罢，隔江尽唱白铜鞮歌。

犬马纷纷实苑台，百年云雨只蒿莱[①]。
若论优孟[②]齐卿相，解道人间莫里哀[③]。

注释：

①蒿莱：草野。三国·魏·阮籍《咏怀》之三一：“战士食糟糠，贤者处蒿莱。”

②优孟：春秋楚国著名优人。常谈笑讽喻，曾谏止楚庄王以大夫礼葬马；又善模仿，着楚相孙叔敖衣冠见楚王，楚王不能辨。事见《史记·滑稽列传》。南朝·梁·刘勰《文心雕龙·谐隐》：“及优旃之讽漆城，优孟之谏葬马，并谲辞饰说，抑止昏暴。”优孟与莫里哀皆以谈笑讽刺闻名。

③莫里哀：(1622—1673)，法国喜剧作家、演员、戏剧活动家。法国芭蕾舞喜剧的创始人。本名为让—巴蒂斯特·波克兰（Jean Baptiste Poquelin），莫里哀是他的艺名。莫里哀是法国17世纪古典主义文学最重要的作家，古典主义喜剧的创建者，在欧洲戏剧史上占有十分重要的地位。

浅解：

此诗缅怀莫里哀，简洁的诗句中肯定了莫里哀在喜剧创作上的成就。

简译：犬马沙丘驰骋田猎，百年沧桑只剩草野。放眼天下谁与优孟比肩而立，人世之间唯有莫里哀。

巴黎中秋

未到江寒叶脱时，黄鸡白月上尊卮①。
滚尘扰扰秋随半，造物昌昌汝尚嬉。
拂鬓西风劳北顾②，倚天南斗渐东移。
莫从片滓缁③云汉，鸩毒④山川世孰知。

注释：

①尊卮：指酒樽。
②北顾：顾望北方。《楚辞·刘向〈九叹·忧苦〉》："菀彼青青，泣如颓兮；留思北顾，涕渐渐兮。"
③缁：黑色。此指使云天变黑。
④鸩毒：以毒酒害人。引申为毒害。《后汉书·宦者传·单超》："皇后乘势忌恣，多所鸩毒，上下钳口，莫有言者。"

浅解：

时光流逝，深秋依然，月圆之夜，不禁黯然神伤。对此人皆无能为力，只能迎霜而笑，坦然面对。

简译：未到江寒叶落时，明月黄鸡白酒相配。滚尘不定秋已过半，事物繁华人生嬉笑。西风拂面留思北顾，倚天南斗日渐东移。莫因片污抹黑云汉，荼毒山川世间孰知。

山山葱
艹艹青
肥蕃木
森森合
園通照
分外開
境是春
村村人
歸

凡木審歸途作
西海集
甲午運書

凡尔赛归途作

山花葱茜[①]土膏[②]肥，万木森森欲合围[③]。
返照[④]分明开一境，喜无杜宇[⑤]劝人归。

注释：

①葱茜：郁郁葱葱。

②土膏：肥沃的土地。《汉书·东方朔传》："故酆镐之间号为土膏，其贾亩一金。"

③合围：两臂围拢。形容树木粗大的程度。唐·张九龄《荔枝赋》："下合围以擢本，傍荫亩而抱规。"

④返照：夕照；傍晚的阳光。唐·刘长卿《碧涧别墅喜皇甫侍御相访》诗："荒村带返照，落叶乱纷纷。"

⑤杜宇：即杜鹃。

浅解：

凡尔赛，法国巴黎的卫星城，伊夫林省省会，曾是法兰西王朝的行政中心，位于巴黎西南15公里处，凡尔赛也是艺术城市，凡尔赛宫（Versailles Palace）位于法国巴黎西南郊伊夫林省省会凡尔赛镇，作为法兰西宫廷长达107年。凡尔赛宫是法兰西艺术的明珠。宫殿、花园壮观精美，内部陈设和装潢富艺术性，底层为艺术博物馆。这里也是法国领导人会见外国元首和使节的地方，是巴黎郊区的商业和服务业中心，并有会议城市和卫戍部队驻军营地的特殊职能，设有军队、医院和军事院校。城市北部为商业和手工业区，南部为贵族居住区。此诗着重描写凡尔赛的自然景观。

简译：山花葱郁土地肥沃，万木繁密浓荫粗壮。夕照分明别开新境，喜无杜鹃劝人归回。

尼罗河上空看日出

一水从天来，迤逦①连沙漠。
黄尘②纷无际，萧条③暗城郭。
晦明④初未分，沕穆⑤气旋豁。
须臾⑥光上指，天门似启钥。
一线微阳动，积霭⑦散林薄。
潋滟⑧随波生，水火交相斫。
轮移水面红，终焉⑨天宇廓。
微闻古氾滥⑩，降丘⑪巢水鹤。
黑土惟坟垆⑫，居民资铚⑬获。
哈壁汝何神，拯溺⑭出深壑。
如何天不吊⑮，痛毒⑯尚遗恶。
鱼鳖思骄阳，何时脱穷涸⑰。
便欲诉真宰，孱魂⑱为解缚。
极目正曈昽⑲，浑沌⑳许重凿。

尼罗河膏腴黑壤，故埃及人称其国曰黑壤国。哈壁即 Hopi，埃及河神名。

注释：

①迤逦：曲折连绵貌。南朝·齐·谢朓《治宅》诗："迢递南川阳，迤逦西山足。"

②黄尘：黄色的尘土。《后汉书·马融传》："风行云转，匈磕隐訇，黄尘勃滃，闇若雾昏。"

③萧条：寂寞冷落；凋零。《楚辞·远游》："山萧条而无兽兮，野寂漠其无人。"

④晦明：指黑夜和白昼。《后汉书·赵咨传》："〔通人达士〕以存亡为晦明，死生为朝夕。"

⑤沕穆：深微貌。《史记·屈原贾生列传》："沕穆无穷兮，胡可胜言！"司马

贞索隐："沕穆，深微之貌。"张守节正义："沕音勿。"

⑥须臾：片刻，短时间。《荀子·劝学》："吾尝终日而思矣，不如须臾之所学也。"

⑦积霭：沉云。

⑧潋滟：水波荡漾貌。《文选·木华〈海赋〉》："潋滟潋滟，浮天无岸。"李善注："潋滟，相连之貌。"

⑨终焉：终，终结，完结；焉，语气助词。

⑩氾滥：氾，同"泛"。指洪水泛滥。

⑪降丘：洪水来时，民居于丘陵之上。降丘，即洪水退去。

⑫坟垆：高起的黑色硬土。《书·禹贡》："厥土惟壤，下土坟垆。"孔颖达疏："垆，音卢，《说文》黑刚土也。"

⑬铚：古代一种短的镰刀，代指百姓以耕种为生。

⑭拯溺：救援溺水的人。引申指解救危难。《邓析子·无厚》："不治其本，而务其末，譬如拯溺而硾之以石，救火而投之以薪。"

⑮天不吊：不吊谓不为天所哀悯庇佑。《诗·小雅·节南山》："不吊昊天，不宜空我师。"

⑯痛毒：犹毒害。《明史·阉党传序》："淫刑痛毒，快其恶正丑直之私。"

⑰穷涸：枯竭；干涸。汉·徐干《中论·考伪》："核其所自出，又非仲尼之门也，其回遹而不度，穷涸而无源。"

⑱孱魂：孱弱的灵魂。

⑲曈昽：日初出渐明貌。《说文·日部》："曈，曈昽，日欲明也。"

⑳浑沌：模糊；不分明。《鹖冠子·泰鸿》："五官六府，分之有道；无钩无绳，浑沌不分。"

浅解：

此诗描写尼罗河日出的整个过程，并由此联想到当年洪水灾害对尼罗河两岸百姓日常生活所造成的影响，饶公萌生怜悯之心，祈求上天庇佑生民，祥瑞安康。

简译：滔滔河水从天而降，蜿蜒曲折接连沙漠。黄土纷纷无边无际，万里萧条遮蔽城郭。黑夜白昼无法辨清，幽暗深微气旋豁然。须臾之间光芒绽放，何人开启天宫之门。天开一线微阳始生，山头林间云雾终散。河水潋滟随波荡漾，水光接天与日交辉。骄阳东移水面映红，天宇四垂倒影水中。传闻当年河水泛滥，平原之地水鹤筑巢。尼罗河岸黑壤肥沃，居民凭借耕种为生。哈壁神灵多么高尚，救苦救难于此深壑。为何天无怜悯之心？降生灾劫荼毒生灵。鱼鳖之徒向往骄阳，何时摆脱穷涸之境。在此祈求上天庇佑，解救这些孱弱之魂。极目远望初日渐明，许我重劈眼前浑沌。

風霜正
與鍊朱
顏異域山
川多取
遠荒看擊
鯤鵬三
萬里可
莫嫌垂落
人間

凡爾賽宮歸
途作 再錄一次
甲午逸壺

录诗竟自题一绝

风霜正与炼朱颜[①]，异域山川剪取还。
看击鲲鹏[②]三万里，可无咳唾[③]落人间。

［以上丙申（一九五六年）旅法、意作］

注释：

①炼朱颜：此指锻炼心境修为。
②鲲鹏：古代传说中的大鹏鸟。即鲲鱼变化成的鹏鸟。宋·苏轼《催试官考较戏作》诗："鲲鹏水击三千里，粗练长驱十万夫。"
③咳唾：《庄子·渔父》："窃待于下风，幸闻咳唾之音以卒相丘也。"后以"咳唾"称美他人、他物的言语、诗文等。

浅解：

此诗为饶公集录诗歌所创作的绝句，对1956年法、意之旅的总结，抒发"言有尽而意无穷"之感。

简译：历经风霜造我心境，领略异域山川美景。且看鲲鹏击水三万，赞美之词难以言表。

富兰克福歌德旧居　用东坡迁居韵

小我焉足存，众色分纤丽①。
着眼不妨高，内美②事非细。
瞩目③无穷期，繁华瞬即逝。
持尔向上心，帝所终安憩。
生命在守一④，无劳太早计。
春兰⑤自终古，清风时拂砌⑥。
青山环里门⑦，白日照云髻⑧。
不祭神常在，委躯轻蝉蜕⑨。
我来自东海，再拜荐蕉荔，
天地眷长勤，生生阅尘世。
但期两心⑩通，俯仰去来际。
洗耳听钟鸣，去垢如赶蚋⑪。

歌德诗句云：Mir ist des All，ich bin mir selbst verloren（我既为一切，我当捐小我。）彼晚岁攻治“色彩学”，其《浮士德》奥旨在申向上（Steigerung）及实现完美（Entelechie）二者之义。歌德主“一”（Das cine），教人从高处着眼（Hohenblick）。其挚友席勒以《钟鸣操》（Lied derglocke）著名，歌德为撰文作笺。其短篇如《无尽期》（Für ewig）、《神意》（Das Güttliche）等，均为人传诵。

注释：

①纤丽：纤细秀美。晋·潘岳《西征赋》：“卫鬒发以光鉴，赵轻体之纤丽。”

②内美：内在的美好德性。《楚辞·离骚》：“纷吾既有此内美兮，又重之以修能。”朱熹集注：“生得日月之良，是天赋我美质于内也。”

③瞩目：惹眼注视。《隋书·外戚传·萧岿》：“岿被服端丽，进退闲雅，天子瞩目，百僚倾慕。”

④守一：指在身心安静的情况下，把意念集中到身体的某一部位。其源于老

子的“载营魄抱一，能无离乎”之句，即说守一于道。《庄子·在宥》曰：“我守其一，以处其和。”就是说守心一处，而处于身内阴阳二气的和谐之中。

⑤春兰：即兰花。战国·屈原《九歌·礼魂》：“春兰兮秋菊，长无绝兮终古。”

⑥拂砌：吹拂阶石。唐·许稷《风动万年枝诗》：“含芳烟乍合，拂砌影初移。”

⑦里门：闾里的门。古代同里的人家聚居一处，设有里门。《史记·万石张叔列传》：“庆及诸子弟入里门，趋至家。”

⑧云髻：高耸的发髻。《文选·曹植〈洛神赋〉》：“云髻峩峩，修眉联娟。”李善注：“峩峩，高如云也。”此喻盘旋的山路。

⑨蝉蜕：比喻解脱。

⑩两心：彼此之心；双方的思想。唐·白居易《长恨歌》：“临别殷勤重寄词，词中有誓两心知。”

⑪赶蚋：驱赶蚊虫。喻指洗涤心境。

浅解：

此诗以歌德“当捐小我”以及教人“从高处着眼”的思想起兴，探究生命的终极意义，突出表现了对美好事物的憧憬和对生生不息的生命的礼赞。

简译：小我如何能够保全，众色平分纤细秀美。不妨从高深处着眼，内在德性不分巨细。放眼注目没有尽处，繁华易落时光易逝。坚定保持向上之心，终能让人心灵安憩。生命在于守心一处，无须操劳过早盘算。春兰自能生生不息，春风时而吹拂砌石。里门之外青山环绕，山路盘旋阳光普照。心中虔诚神明常在，蜷缩身躯以待超脱。我自东方之海而来，再次叩拜呈荐蕉荔。天地眷恋长勤之人，生生世世阅尽尘世。衷心期望心有灵犀，俯仰之间去来之际。洗耳恭听钟鸣之操，祛除污垢如赶蚊蚋。

慕尼黑纳粹集中营 用东坡屈原塔韵

嗟尔[①]待死人，忍死[②]情安歇。死者或非死，泉路空呜咽。难为种族心，赴义忘饥渴。惊飙[③]忽鼎沸[④]，地坼[⑤]九州裂。多少含冤士，溅血诚壮烈。颓垣[⑥]试回首，杀人如川决。人道委地[⑦]尽，积尸堪比塔。祈死[⑧]以贸生，身名宁俱灭？悲歌韦索井（Das Wesobrunner gebet），蹈火意弥切。谁复更临此，能免骨先折。风林黑茫茫，万古肝肠热。大地果沦胥[⑨]，兹焉明志节。

德诗人E. Wiechert于一九三八年被囚集中营。曾作《死之候选人》（Der Todes Kandidate）一书。德古典诗歌有曰“天堂地狱”者，言：“地狱之中，死者非死，只有悲哀而已。”《韦索井畔赞歌》为八世纪以高原德语写成之宗教诗。（一〇七〇年刊）

注释：

①嗟尔：表示叹息。

②忍死：谓临终不肯绝气，有所期待；在死前勉力从事。《三国志·魏志·明帝纪》：“宣王顿首流涕”。南朝·宋·裴松之注：“朕忍死待君，君其与爽辅此。”

③惊飙：突发的暴风；狂风。三国·魏·曹植《吁嗟篇》：“卒遇回风起，吹我入云间……惊飙接我出，故归彼中田。”此指天降横祸。

④鼎沸：比喻形势纷扰动乱。《汉书·霍光传》：“今群下鼎沸，社稷将倾。”

⑤地坼：地裂。语出《礼记·月令》：“仲冬之月……冰益壮，地始坼，鹖旦不鸣，虎始交。”

⑥颓垣：坍塌的墙。南朝·宋·武帝《登作乐山》诗：“壤草凌故国，拱木秀颓垣。”

⑦委地：蜷伏于地。《庄子·养生主》：“謋然已解，如土委地。”喻没落，消亡。

⑧祈死：祷求速死。《国语·晋语六》：“范文子谓其宗祝曰：‘君多私，今以胜归，私必昭。昭私，难必作，吾恐及焉。凡吾宗祝，为我祈死，先难为

免。’”

⑨沦胥：语出《诗·小雅·雨无正》：“若此无罪，沦胥以铺。”泛指沦陷、沦丧。《晋书·凉武昭王李玄盛传》：“淳风杪莽以永丧，缙绅沦胥而覆溺。”

浅解：

此诗表达了对种族矛盾所引起冲突的种种遗憾，对当年纳粹集中营惨绝人寰的劣迹深恶痛绝。人道主义淡然无存，由此导致的国破家亡，百姓冤死之事令人悲伤。

简译：感叹那些待死之人，苟且偷生不肯瞑目。地狱死者抑或非死，黄泉之路只有悲哀。难为种族间的争斗，慷慨赴义忘却饥渴。天降灾难纷扰离乱，九州家国分崩离析。成千上万含冤之士，血溅沙场英勇壮烈。国破家亡无法回首，草菅人命如川决堤。为人之道淡然无存，尸体堆积堪比塔高。祷求速死获得解脱，身躯名声一齐毁灭？哀声歌唱韦索井畔，赴汤蹈火在所不辞。谁人能够故地重游，保全自己免骨先折。风入山林夜雾茫茫，千秋万古热血肝肠。大地早已沦没丧亡，赋作此诗以明志节。

读尼采《萨天师语录》

纳纳乾坤大[①]，茫茫今何世？世果有真宰[②]，生天复生地。天帝倘畀我，我安能自制。（尼采云：“假若真有上帝，我怎能禁止自己不是上帝。”）狂哉尼采言，悲歌欲陨涕。如何变弥亟，几人窃神器[③]。无复假神力，悍然比上帝。炊烟索寒天，旷野渺无际。何日听鸡鸣，泱漭[④]天初霁。

注释：

①纳纳乾坤大：天地包容。唐·杜甫《野望》诗：“纳纳乾坤大，行行郡国遥。”

②真宰：宇宙的主宰。《庄子·齐物论》：“若有真宰，而特不得其眹。”

③神器：代表国家政权的实物，如玉玺、宝鼎之类。借指帝位、政权。《汉书·叙传上》：“世俗见高祖兴于布衣，不达其故，以为适遭暴乱，得奋其剑，游说之士至比天下于逐鹿，幸捷而得之，不知神器有命，不可以智力求也。”

④泱漭：昏暗不明貌。《文选·谢朓〈京路夜发〉诗》：“晓星正寥落，晨光复泱漭。”

浅解：

尼采的哲学观最重要的一点是哲学的使命就是要关注人生，给生命一种解释，给生命的意义一种解释，探讨生命的意义问题。尼采猛烈的揭露和批判传统的基督教道德和现代理性。他认为，欧洲人两千年的精神生活是以信仰上帝为核心的，人是上帝的创造物，附属物。人生的价值，人的一切都寄托于上帝。虽然自启蒙运动以来，上帝存在的基础已开始瓦解，但是由于没有新的信仰，人们还是信仰上帝，崇拜上帝。尼采的一句名言“一声断喝——上帝死了”——是对上帝的无情无畏的批判。他借狂人之口说，自己是杀死上帝的凶手，指出上帝是该杀的。基督教伦理约束人的心灵，使人的本能受到压抑，要使人获得自由，必须杀死上帝。尼采认为，基督教的衰落有其历史必然性，它从被压迫者的宗教，转化为统治者压迫者的宗教，它的衰落是历史的必然。杀死了作为神的上帝，又迎来了资本的上帝，资本化身的上帝。尼采忽视了一个基本事实：被资本奴役，不会比被上帝奴役自由得多。但他的“上帝死了”的呼喊，断喝的启蒙价值是不能低估的。

简译：天地之间有容乃大，长天茫茫今世何世？宇宙之中果有上帝，创造眼前此番天地。天地赋我人之形体，怎能禁止我非上帝。尼采之言疯狂大胆，萌生悲意痛哭流涕。如何令己求治弥亟，几人能够窃弄神器。无须假借非凡之力，悍然不顾自比上帝。清冷天空孤烟袅袅，旷野飘渺无边无际。鸡鸣报晓而今何时，昏暗之境天边泛白。

彼岸①倘可期，悠悠即长路。崩崖当我前，悬车②那可度？我手方高攀，我眼须下顾。两途俱可愕，捷径终窘步③。跻险④岂不艰，倾坠⑤者无数。深渊谅可惧，峻岭非所怖。谁能更于此，磨勘⑥得妙语。（尼采云：“可怕的不是高峰，而是悬崖。”）

注释：

①彼岸：佛家以有生有死的境界为“此岸”；超脱生死，即涅槃的境界为“彼岸”。比喻所向往的境界。

②悬车：形容险阻。唐·杜甫《提封》诗：“借问悬车守，何如俭德临。”

③窘步：步履艰难。三国·魏·曹丕《陌上桑》诗：“被荆棘，求阡陌，侧足独窘步。”

④跻险：登上高险处。南朝·宋·谢灵运《石门新营所住四面高山回溪石濑茂林修竹诗》：“跻险筑幽居，披云卧石门。”

⑤倾坠：陷落；倒塌。晋·葛洪《抱朴子·知止》：“夫策奔而不止者，尠不倾坠；凌波而无休者，希不沉溺。”

⑥磨勘：反复琢磨；钻研。明·李东阳《麓堂诗话》：“但忆与彭民望作悲秋长律七言四十韵，不欲重用一字，已乃令亡弟东山细加磨勘，有一字乃复易之。”

浅解：

此诗阐释尼采“可怕的不是高峰，而是悬崖”之旨意，对尼采人生境地的至理名言多加赞赏。

简译：漫漫人生长路之中，美好境界或可期待。濒危悬崖立我前方，艰难险阻不可逾越。张开双臂向上攀登，眼睛谨慎向下盼顾。上下两途令人恐怖，不循正轨步履艰难。登上险峰如此艰险，失足落者不可计数。悬崖深渊更加可怕，高峰峻岭不足为惧。谁能于此境地之中，反复琢磨悟得妙语。

文明①果何谓，安在繁华中。五色②令目盲，五音③使耳聋。浑沌终自戕④，椎凿⑤安所穷。理废宁蕴真，玄珠⑥坠幽宫。（尼采云："真正文化系于人之内在世界：文化而无伟大之内在动机，仅有外表之辉煌者，徒为'暴发户'文化而已。"）兹辰⑦非曩日⑧，视天更梦梦。井泉暮夜鸣，此意孰与同。焉得萨天师⑨，为洗阴霾空。看看窗牖间，杲杲⑩日生东。

［以上丁酉（一九五七）年游西德作］

尼采著《Also sprach Zarathustra》主张刊落思想之臭袜，惟超人方克承担新文化之任务。井泉见所作夜吟（Nachtilied），余尤爱诵其《冷落》（Vereinsamt）诗中，"dem Rauche gleich，der stets nach kâlten Himmeln sucht"句。

注释：

①文明：即文化。

②五色：青、赤、白、黑、黄五种颜色。古代以此五者为正色。《书·益稷》："以五采彰施于五色，作服，汝明。"

③五音：我国古代五声音阶中的五个音级，即宫、商、角、徵、羽。

④自戕：自杀；自己伤残自己。明·沈德符《野获编·果报·冤报》："〔丁〕与其侪欢饮于舟中，忽作异方语，瞪目改容，切齿恨骂，将自戕，众皆怪问，则曰：'我实盗也。'"

⑤椎凿：用槌子锤，用凿子凿。清·阮元《小沧浪笔谈》卷三："石下各刻一线为界，下线之下，有碎点星星，殆椎凿使然。"

⑥玄珠：黑色明珠，比喻教义的真谛。《庄子·天地》："黄帝游乎赤水之北，登乎昆仑之丘而南望，还归，遗其玄珠。"

⑦兹辰：今时今日。

⑧曩日：往日，以前。汉·赵晔《吴越春秋·勾践伐吴外传》："意者犹今日之姑胥，曩日之会稽也。"

⑨萨天师："萨天师"是尼采笔下的超人，原名叫查拉图斯特拉（Zarathustra)。《查拉图斯特拉如是说》几乎包括了尼采的全部思想。林语堂模仿尼采写成散文《萨天师语录》。

⑩杲杲：明亮貌。《诗·卫风·伯兮》："其雨其雨，杲杲出日。"

浅解：

此诗阐释文化之内在真谛，并对尼采特立独行追求自由主义的人性的动机表示赞赏，对其所提出的"超人哲学"和"权力意志"，精神奴性的批判的进步思想进行称颂。

简译：文化究竟是为何物？繁华之中植根发芽。五色缤纷使人眼盲，五音嘈杂令人耳聋。浑沌不清终将自残，反复锤凿穷究其理。刊落旧理保持本性，"教义真谛"坠入深宫。今时今日并非往昔，仰望天际朦胧难辨。夜如泉水于心涌出，此中真意谁能共鸣。如何能使"超人"出世，为人世间洗阴涤霾。渐渐察觉窗台之外，初阳东升明耀天地。

意大利纪行诗

自罗马北行，历经隧道，车中闷热　用昌黎山石韵

恨身不是陆探微①，西来空对海涛飞。
负却当前几画本，朱甍②映地绿莓肥。
驱车行迈③竟何适④，堆眼古迹认依稀。
山石历乱⑤扑人面，餐风⑥聊足忘我饥。
有时冲烟出林莽，斜曛⑦带雨齐扣扉⑧。
越洞穿隧人迹绝，惟见阴谷⑨雾霏霏。
河流一泻更百里，修轨南来如带围⑩。
如何郁蒸⑪中肠热，汗珠滴滴沾征衣⑫。
谁谓清游⑬兴未极⑭，车中局促⑮等衔靰⑯。
山岳于人休腾笑⑰，稍待秋风便告归。

注释：

①陆探微：生卒年不详，汉族，吴（今江苏苏州一带）人。南朝宋明帝时宫廷画家，中国最早的画圣。
②朱甍：朱红色的屋顶。唐·李白《明堂赋》："皓壁昼朗，朱甍晴鲜。"
③行迈：行走不止；远行。《诗·王风·黍离》："行迈靡靡，中心如醉。"
④何适：前往何方，到何处去。
⑤历乱：纷乱，杂乱。南朝·宋·鲍照《拟行路难》诗之九："剉檗染黄丝，黄丝历乱不可治。"
⑥餐风：生活于山野，以风为食。喻指领略山野风光。明·张景《飞丸记·意传风稿》："武陵津傍，藐姑山上，餐风吸露乘云，那许尘眸相望。"
⑦斜曛：黄昏，傍晚。元·陈旅《题韩伯清所藏郭天锡画》诗："岁晚怀人增感慨，晴窗展玩到斜曛。"
⑧扣扉：此指雨水击打车窗。南朝·梁元帝《秋兴赋》："听夜籤之响殿，闻

悬鱼之扣扉。”

⑨阴谷：山北之谷。南朝·宋·颜延之《应诏观北湖田》诗：“阳陆团精气，阴谷曳寒烟。”

⑩带围：腰带绕身一周的长度。汉·刘向《列女传·魏芒慈母》：“前妻中子犯魏王令，当死，慈母忧戚悲哀，带围减尺。”

⑪郁蒸：闷热。《素问·五运行大论》：“其令郁蒸。”

⑫征衣：旅人之衣。唐·岑参《南楼送卫凭》诗：“应须乘月去，且为解征衣。”

⑬清游：清雅游赏。晋·潘岳《萤火赋》：“翔太阴之玄昧，抱夜光以清游。”

⑭兴未极：无穷远处；没有期限。《管子·幼官》：“听于抄故能闻未极，视于新故能见未形。”

⑮局促：形容受束缚而不得舒展。《后汉书·仲长统传》：“六合之内，恣心所欲。人事可遗，何为局促？”

⑯靰：马缰绳。

⑰腾笑：犹发出笑声。南朝·齐·孔稚珪《北山移文》：“于是南岳献嘲，北垄腾笑。”

浅解：

此诗虽阐述车入隧洞闷热之感，实写罗马沿途之景，美景如画，古迹林立，闷热带来的不适并不妨碍饶公清雅游赏的兴致，“稍待秋风便告归”如是也。

简译：恨自己不是陆探微，西来游赏空对海涛。辜负当前如画美景，红顶映地绿莓肥美。坐车远行前往何方，隐约可辨眼前古迹。山石纷乱迎面扑来，山野风光乐而忘饥。冲出云雾缭绕之林，昏日夹雨轻叩车窗。穿越隧洞人烟罕至，山北之谷雾霭霏霏。河流奔流直下百里，自南修轨如带绕腰。闷热难忍肠胃翻滚，大汗淋漓浸透衣服。谁说游赏兴致盎然，车中束缚如马缰绳。莫要嘲笑我的狼狈，稍候秋风伴我归去。

巴都亚城晓发

褰帷[1]四望意如何，暑气渐因日上多。
乍睡浑忘身是客，奔车扶梦过陂陀[2]。

注释：

①褰帷：撩起帷幔。晋·葛洪《抱朴子·疾谬》："开车褰帷，周章城邑。"
②陂陀：原指阶陛。《楚辞·招魂》："文异豹饰，侍陂陀些。"此谓倾斜不平。

浅解：

虽已早起，睡意依旧浓厚，让诗人神情恍惚，忘却自己为异乡之客，驱车奔走恍如梦境，抒发一时之感。

简译：撩帷开户四处观望，暑气伴随烈日而升。睡眼惺忪忘身何方，绮梦驱车奔途崎岖。

臨流暝色未移時，去鳥蒼波識面遲。
衰鬢行藏誰得似，此身合入畫圖詩。

甲午迻書秋舊作
歐諸河畔

欧诺河畔

临流暝色[①]立移时，白鸟苍波识面迟。
穷发[②]行藏谁得似，此身合入无声诗[③]。

注释：

①暝色：暮色；夜色。南朝·宋·谢灵运《石壁精舍还湖中作》诗："林壑敛暝色，云霞收夕霏。"

②穷发：极北不毛之地。《庄子·逍遥游》："穷发之北有冥海者，天池也。"此指幽僻之地。

③无声诗：无声诗，亦称"有形诗"，绘画的一种别称。因画意和诗情相通，故有此称。

浅解：

黄昏时分，飞鸟掠波，一派山野田园风光，幽僻闲暇之地，令饶公恍若置身于如梦如幻的山水画作之中，恬淡而清雅。

简译：日落黄昏望水长流，飞鸟怡波相见恨晚。幽僻之处谁与媲美，我身向往如画之境。

但丁墓下作

曩者[1]诵神曲[2]，谓与天问参。
天果有九野[3]，地宁缺东南。
天衢[4]惟无梗，恬虚[5]安且耽。
天心惟秉正，众恶归海涵[6]。
有怨试呵天，嘘气蒸蔚蓝。
有泪或经天，下滴成渊潭。
惟天行水上，六龙不停骖[7]。
地实居其中，如黄卵中函。
而君不谓然，云有水晶含。
其外曰无穷，天府此灵龛[8]。
其下则幽都[9]，魔怪走趻踸。
爰有爱神存，万类独力担。
善者叨其光，温煦如春酣。
恶者被其惩，净界[10]去嗔贪。
厥意将毋同，道一复生三[11]。
大明[12]比日月，智者固同谙。
惜君膏自煎，寿未齐彭聃[13]。
兹来叩墓门，重译契玄谈。
四顾阒无人，悲风生石楠[14]。
苍鼯惊窣窣[15]，绿草骇毵毵[16]。
感世久溷浊[17]，蔽美[18]而专婪。
上苍终不寤[19]，下民非所堪。
有怨不可申，怪子苦呢喃[20]。
有泪多于酒，邀子倾其甔[21]。
安得起九原[22]，重与细评探。

墓在意大利拉文纳 Ravenna。

注释：

①曩者：以往，从前，过去的。

②神曲：但丁的长诗，写于1307年至1321年，这部作品通过作者与地狱、炼狱及天堂中各种著名人物的对话，反映出中古文化领域的成就和一些重大的问题，带有“百科全书”性质，从中也可隐约窥见文艺复兴时期人文主义思想的曙光。在这部长达一万四千余行的史诗中，但丁坚决反对中世纪的蒙昧主义，其执着追求真理的思想，对欧洲后世的诗歌创作有极其深远的影响。

③九野：犹九天。《吕氏春秋·有始》：“天有九野，地有九州。”

④天衢：天空广阔，任意通行，如世之广衢，故称天衢。南朝·梁·刘勰《文心雕龙·时序》：“驭飞龙于天衢，驾骐骥于万里。”

⑤恬虚：恬淡冲虚。《后汉书·刘平赵孝等传序》：“包性恬虚，称疾不起，以死自乞。”

⑥海涵：谓大度宽容。《艺文类聚》卷四六引南朝·梁·王僧孺《为临川王让太尉表》：“陛下海涵春育，日镜云伸，追大道之无私。”

⑦龙不停骖：古代神话传说太阳神驾着六龙车，羲和赶着车，在空中行走。

⑧灵龛：原指佛寺，此指天堂。

⑨幽都：谓阴间都府。《楚辞·招魂》：“魂兮归来，君无下此幽都些。”

⑩净界：即炼狱。

⑪道一复生三：指地狱、炼狱天堂三种灵魂归宿。

⑫大明：泛指日、月。《管子·内业》：“乃能戴大圜而履大方，鉴于大清，视于大明。”

⑬彭聃：彭祖与老聃的并称。传说二人均极长寿。晋·嵇绍《赠石季伦》诗：“远希彭聃寿，虚心处冲默。”

⑭石楠：植物名。花供观赏，叶可入药。《太平御览》卷九六一引南朝·梁·任昉《述异记》：“曲阜古城有颜回墓，墓上石楠二株，可三四十围，土人云颜回手植之木。”

⑮窣窣：象声词。形容细小的声音。宋·苏轼《却鼠刀铭》：“有穴于垣，侵堂及室，跳床撼幕，终夕窣窣。”

⑯毵毵：垂拂纷披貌。

⑰溷浊：混乱污浊。《楚辞·九章·涉江》：“世溷浊而莫余知兮，吾方高驰

而不顾。”

⑱蔽美：掩盖他人的美德、长处。《管子·法法》：“群臣比周，则蔽美扬恶。”

⑲不寤：不醒悟。寤，通“悟”。《楚辞·离骚》：“闺中既邃远兮，哲王又不寤。”

⑳呢喃：小声絮语。《玉篇·口部》：“呢喃，小声多言也。”

㉑瓻：坛子一类的瓦器。

㉒九原：泛指墓地。唐·皎然《短歌行》：“萧萧烟雨九原上，白杨青松葬者谁？”

浅解：

此诗于墓前缅怀诗人但丁，对《神曲》“为了对万恶的社会有所裨”的主旨进行阐述，那些映照现实，启迪人心，臻于善和真的思想正是饶公心中所向往之事。现实中的不公令人惋惜，上天并没有对人类加以垂爱，正如《神曲》中但丁借奥德修斯之口指出“你们生来不是为了走兽一样生活，而是为着追求美德和知识。”不管世间是否有上帝，是否有天堂炼狱。我们必须学会自救，学会抱诚守真。

简译：昔日但丁赋作神曲，力作穷究天地之理。天空果真有九重高？大地宁缺东南方。天空开阔畅通无阻，恬淡冲虚心安神宁。天之本意持心公正，世间万恶宽容对待。心存怨恨呵斥上天，蔚蓝之色能解郁积。天堂里不再有眼泪，泪水下滴聚成渊潭。世间惟天行于水上，六龙驱车永不停息。大地实居正中部位，如蛋黄覆裹蛋白中。而君对此大不谓然，认为圣洁之物必存。其外包围无穷无尽，真正天堂在此之中。其下方为地狱冥府，妖魔鬼怪游走其间。哪里会有爱神庇佑，各种磨难独自承担。善灵于此忏悔涤罪，温暖如春天之酣意。恶灵于此接受惩罚，炼狱之中祛除嗔贪。不同心境遭遇不同，灵魂归宿不同境地。以大明比日月之辉，智者同样深谙天道。怜惜君子如膏自煎，寿命无与彭聃相比。此次前来墓门缅怀，与君谈论辨析名理。环顾四周空无一人，凄冷之风从石楠中出。仓鼠惊恐低声吱叫，绿草垂拂散散落落。感叹世间浑浊已久，道德沦丧贪欲横流。上天始终毫无觉悟，黎民百姓无力承受。有怨屈却无法申冤，责怪世人埋怨太多。催人滴泪多于酒水，相邀倾尽杯中之酒。如但丁君死而复生，一定与之细谈评探。

观波提切利（Sandro Botticelli[①]）春归图（Primavera）[②]

众卉竞舒华，若忘春已去。
留此十丈图，貌得春归去。
光风[③]泛兰芷[④]，柔荑[⑤]纷无数。
迤逦[⑥]千里平，绿草迷行路。
美人隔雾縠[⑦]，略展凌波步[⑧]。
说道春偕来，细看又疑误。
空有脉脉情，终古[⑨]使人妒。

注释：

①Sandro Botticelli：桑德罗·波提切利（Sandro Botticelli；Alessandro Filipepi，1445—1510）是15世纪末、16世纪初佛罗伦萨的著名画家，他画的圣母子像非常出名。受尼德兰肖像画的影响，波提切利又是意大利肖像画的先驱者。

②春归图（Primavera）：佛罗伦萨乌菲兹博物馆（203厘米×314厘米），1476—1480年间为佛罗伦萨一位贵族的宅邸所作。

③光风：雨止日出时的和风。《楚辞·招魂》："光风转蕙，泛崇兰些。"王逸注："光风，谓雨已日出而风，草木有光也。"

④兰芷：兰草与白芷。皆香草。《楚辞·离骚》："兰芷变而不芳兮，荃蕙化而为茅。"王逸注："言兰芷之草，变易其体而不复香。"

⑤柔荑：柔软而白的茅草嫩芽。《诗·卫风·硕人》："手如柔荑，肤如凝脂。"朱熹集传："茅之始生曰荑，言柔而白也。"

⑥迤逦：连绵貌。南朝·齐·谢朓《治宅》诗："迢遰南川阳，迤逦西山足。"

⑦雾縠：薄雾般的轻纱。《文选·宋玉〈神女赋〉》："动雾縠以徐步兮，拂墀声之珊珊。"李善注："縠，今之轻纱，薄如雾也。"此指画作中众神的装束。

⑧凌波步：比喻美人步履轻盈，如乘碧波而行。《文选·曹植〈洛神赋〉》：

“凌波微步，罗韈生尘。”吕向注：“步于水波之上，如尘生也。”
⑨终古：久远。《楚辞·离骚》：“怀朕情而不发兮，余焉能忍而与此终古。”

浅解：

春归图描绘大地回春，欢乐愉快的主题。一幅春天的作品，同时又是一首讴歌维纳斯爱的胜利战歌。这种对于人性的赞美，具有非凡的美感。但“细看又疑误”，在那些庄重而自信的形象里，带着画家内心深处所埋藏的一种无名之伤，寓含着对现实的惶恐不安。

简译：百草众卉争相绽放，似乎忘记春已离去。留下此幅十丈之图，貌似春天降临大地。和风轻拂幽兰白芷，茅草嫩芽缤纷无数。连绵不断千里平展，绿草遮蔽使人迷途。美人身披薄雾轻纱，步履轻盈如乘碧波。轻说漫道偕春而来，仔细观看又疑有误。空有一种脉脉之情，传之久远遭人妒羡。

佛罗稜斯吊罗稜佐（Lorenzo）[①]

旧馆登临地，今来走马看。
哀歌[②]销日[③]永，谈笑换春残。
世乱词翻艳，星移兴未阑。
只应宵烛泪[④]，纸上不曾干。

注释：

①罗稜佐（Lorenzo）：即罗伦佐·麦地奇，是佛罗稜斯（佛罗伦斯）共和国时期最后一位主政的麦地奇家族成员，罗伦佐之意为“慷慨的”、“豪华的”。罗伦佐曾将家族财产托管于几位经纪，但这些经纪大肆浪费、欺骗，于是罗伦佐撤出商业经营，转投资于城市的不动产与乡村的农业，晚年的罗伦佐受到英国纺织业兴起的市场排挤效应，却仍为欧洲最富有的人之一。Sandro Botticelli《春归图》的买主即是罗伦佐·迪·皮耶尔弗朗契斯科·德·麦第奇。

②哀歌：悲伤地歌唱。《庄子·天地》：“独弦哀歌，以卖名声于天下者乎！”

③销日：消磨时日。北齐·颜之推《颜氏家训·勉学》：“饱食醉酒，忽忽无事，以此销日，以此终年。”

④烛泪：蜡烛燃烧时淌下的液态蜡。唐·白居易《房家夜宴喜雪戏赠主人》诗：“酒钩送盏推莲子，烛泪粘盘垒蒲萄。”

浅解：

罗稜佐重视他的文化事业，他亲自撰写诗歌足以媲美同时代的文学家。罗稜佐时期的佛罗伦斯，拥有着傲视全欧洲的艺术家群，从文学的波利希安、皮柯，到绘画的米开朗基罗；到建筑的贝内德多……罗稜佐被批评为佛罗伦斯腐化的罪魁祸首。但是文化的灿烂与道德并不挂上绝对的等号。饶公缅怀罗稜佐，对罗稜佐所创造的辉煌表达崇敬之情，对当时文艺复兴之盛世于今日无存抒发感叹。

简译：旧时文艺汇集之地，今天前来走马观花。悲哀歌唱消食岁月，谈笑换得春天离去。世间纷乱词渐浮艳，星移斗转余兴未尽。只有清宵烛泪直淌，滴落纸上从不曾干。

威尼斯海傍茶座

适来抱膝①对沙禽②，观海初无万里心。
日月升沉星汉烂，悠悠③千载付沉吟。

注释：

①抱膝：以手抱膝而坐。有所思貌。《三国志·蜀志·诸葛亮传》"亮躬耕垄亩，好为《梁父吟》"。裴松之注引三国·魏·鱼豢《魏略》："每晨夕从容，常抱膝长啸。"

②沙禽：沙洲或沙滩上的水鸟。南朝·陈·阴铿《和傅郎岁暮还湘州》："戍人寒不望，沙禽逈未惊。"

③悠悠：久长；久远。《楚辞·九辩》："去白日之昭昭兮，袭长夜之悠悠。"

浅解：

此诗描绘饶公威尼斯海晚眺之景，由景及情，因景悟理。抒发心中对天地万物轮回更替的感叹。

简译：适闲抱膝坐对沙禽，静观海景由近及远。日月升沉星汉灿烂，悠悠千载沉吟至今。

鸥鹭相偎不待媒，岛山竦侍漫惊猜①。眼中碧海真吾肚，（传灯录天台勤师颂："山河是眼睛，大海是我肚。"）何事拖泥涉水来。

注释：

①鸥鹭相偎不待媒，岛山竦侍漫惊猜：明·胡应麟《自严滩至新安途中纪兴十首呈司马汪公》之五："移舟傍鸥鹭，此夕漫惊猜。"

浅解：

坐看鸥鹭，岛山相对。"眼中碧海真吾肚，何事拖泥涉水来。"体现了饶公胸襟宽广，慧眼明睛。尽显畅古通今的浩瀚之气。

简译：鸥鹭相偎无须做媒，岛山竦立惊恐对猜。眼中碧海为吾之肚，因何拖泥涉水而来。

恍对故人栏外柳，直参元气[①]水中天。
此身暂置浮云外，且办清茶晚饭前。

注释：

①元气：泛指宇宙自然之气。《楚辞·王逸〈九思·守志〉》：“食元气兮长存。”原注：“元气，天气。”

浅解：

眼前景物能消融自我，使内心如天空般清明，让人豁然于天地之外，品赏悠闲舒缓心绪。

简译：恍如故友栏外之柳，元气淋漓水中映天。暂将身体搁置云外，淡品清茶于晚饭前。

水城初泛　用杨诚斋[1]韵

船头水溅篷[2]难干，只许曲肱[3]那许眠。
陡忆前旬清水曲[4]，忽从南海到西天。

注释：

①杨诚斋：杨万里（1127—1206）字廷秀，号诚斋，词人，其诗初学江西派，后学王安石及晚唐诗人，形成了一种新鲜活泼的诗体“杨诚斋诗体”。有《诚斋集》。
②篷：船上用芦苇编制的席。《礼记》“君以篷席，大夫以蒲席。”
③曲肱：《论语·述而》：“饭疏食饮水，曲肱而枕之，乐在其中矣”。谓弯着胳膊做枕头。后以“曲肱”比喻清贫而闲适的生活。
④清水曲：清水小曲有史可考始于秦汉，形成于明末清初，民国初期空前兴盛，曲目极为丰富。

浅解：

此诗描述了诗人于威尼斯水城泛舟之感，水溅船身，胳膊做枕无法入眠。虽遇此窘境，追忆小曲，任时光流逝，亦能淡然处之。

简译：水溅船头芦席难干，胳膊做枕难以入眠。惟能追忆清水小曲，忽越南海而至西天。

越巷穿桥水浸天，去来不陆不川[1]间。
有城如此堪名水，无地容渠更著山。

注释：

①不陆不川：指威尼斯水城的独特风格。

浅解：

威尼斯“因水而生，因水而美，因水而兴”，饶公抓住了水城的特点，给读者展现了这座几乎不可能建造的水上城市独特之美。诗情富含画意，让人浮想联翩。

简译：穿行巷桥水天相交，往返无山路之水城。有城如此堪比大河，没有地方容纳山渠。

城根屋瘦树仍肥，倒景残阳渐向微。
颇怪篙师[①]偏卖力，弃帆操桨去如飞。

注释：

①篙师：撑船的熟手。唐·杜甫《水会渡》诗："篙师暗理楫，歌笑轻波澜。"

浅解：

"城根屋瘦树仍肥"指威尼斯建筑的方法，是先在水底下的泥土上打下大木桩，铺上木板，然后在上面盖房子。这样的房子，也不用担心水下的木头烂了，它不会烂的，而且会越变越硬，愈久弥坚。在水城之中，饶公流连忘返，他甚至怪撑船人太过娴熟的技巧，让小船疾驰，使人无法更好地欣赏沿途的风光。

简译：城底树根仍然肥实，残阳映水渐远渐淡。颇怪卖力撑船之人，弃帆划桨疾驰如飞。

直港横汊[①]后复前，水乡小憩自翛然[②]。
不随趁客鸥争粒，却爱催诗雨拍肩。

注释：

①横汊：横流的分汊，夹流。

②翛然：无拘无束貌；超脱貌。《庄子·大宗师》："翛然而往，翛然而来而已矣。"成玄英疏："翛然，无系貌也。"

浅解：

威尼斯的桥梁和水街纵横交错，四面贯通，人们以舟代车，以桥代路，陆地、水面，游人熙攘，鸽子与海鸥齐飞，这个世界著名水城的一种特有的生活情趣跃然眼前。生活其中，自是惬意。

简译：蜿蜒水巷前后交错，水乡休憩无拘无束。不愿追随熙攘客鸥，却爱雨中淡然赋诗。

贝鲁特喜晤荷兰高罗佩[1]有赠　用白石待千岩老人韵[2]二首

孤鸿[3]何处来，忽尔临海角。
嘉会[4]在逆旅[5]，此意岂前觉。
严城[6]终日闭，危叶惊禽落。
玄言[7]足解嘲，莫道风波[8]恶。

（余以中途飞机失灵，降落贝鲁特，停留二日，得识高君，若天假之缘也。）

注释：

①高罗佩：（Robert Hansvan Gulik，1910—1967），字笑忘，号艺台，吟月庵主，荷兰职业外交官，著名汉学家。通晓 15 种语言，从秘书、参事、公使到大使，但大放异彩的却是其业余汉学家生涯并以此流芳后世。
②白石待千岩老人韵：宋·姜夔《待千岩老人》诗韵。
③孤鸿：孤单的鸿雁。三国·魏·阮籍《咏怀诗》之一：“孤鸿号外野，朔鸟鸣北林。”此饶公自指。
④嘉会：欢乐的聚会。多指美好的宴集。三国·魏·曹植《送应氏》诗之二：“清时难屡得，嘉会不可常。”
⑤逆旅：代指飞机失灵。
⑥严城：戒备森严的城池。南朝·梁·何逊《临行公车》诗：“禁门俨犹闭，严城方警夜。”此指贝鲁特。
⑦玄言：找理由。
⑧风波：比喻生活或命运中所遭遇的不幸或盛衰变迁。

浅解：

有缘千里来相会，饶公乘坐的飞机失灵，却幸会高罗佩。旅途中所遭遇之窘况抛之脑后，留下的却是心心相惜的友人情结。

简译：孤单鸿雁从何而来？忽然登临海角之地。意外旅途欢乐相聚，天假之缘岂会先觉。森严之城终日闭户，枯叶惊动鸣禽而落。找个理由辩解窘境，不要埋怨命运多舛。

何当绿绮琴[①]，与泛黄蔑浪。（君能鼓琴，著有《琴道》、《嵇康琴赋注》等书。）九州方火热，正要起沉恙。别促喜且愁，徒劳苍海望。开卷[②]思古人，仿佛千载上。（君以明万历本伯牙心法一书见贻。）

注释：

①绿绮琴：古琴名。传说汉司马相如作《玉如意赋》，梁王悦之，赐以绿绮琴。后即用以指琴。晋·张载《拟四愁诗》："佳人遗我绿绮琴，何以赠之双南金。"

②开卷：即赏弄《伯牙心法》。

浅解：

此诗从侧面描写了饶公与高罗佩两人交流之景，以琴会友，追思古人，思接千载，两人一拍即合，相见恨晚。

简译：何妨鼓起绿绮之琴，拨弹泛黄蔑浪之音。九州万里热情似火，欲将消除缓解忧愁。悲喜交加莫过如此，空自劳苦观望沧海。赏弄问卷追思古人，意通万里思接千载。

地中海上空书所见

碧海势吞天，尾闾①了不见。
空濛数万里，何处是赤县②。
苍天忽改容，砉然③开生面。
疑人④混茫⑤前，旋觉寒暑变。
凉意乍侵人，涷雨⑥下如霰。
欲呼云作絮，云去但片片。
回头残月明，满地流霞绚。

［以上戊戌（一九五八）年重游意大利作］

注释：

①尾闾：古代传说中泄海水之处。《庄子·秋水》："天下之水，莫大于海，万川归之，不知何时止而不盈；尾闾泄之，不知何时已而不虚。"成玄英疏："尾闾者，泄海水之所也。"

②赤县："赤县神州"的省称。赤县、神州为天下九大州之一。南朝·梁·沈约《答陶华阳》："故邹子以为赤县，于宇内止是九州岛中之一耳。"

③砉然：象声词。常用以形容破裂声、折断声、开启声、高呼声等。《庄子·养生主》："砉然向然，奏刀騞然。"

④疑人：迷惑人。《墨子·杂守》："池外廉，有要、有害，必为疑人，令往来行夜者射之，诛其疏者。"

⑤混茫：模糊，看不清。

⑥涷雨：暴雨。《楚辞·九歌·大司命》："令飘风兮先驱，使涷雨兮洒尘。"王逸注："暴雨为涷雨。"

浅解：

此诗于地中海空中描写所见之景，海阔天空，海景迷蒙，风云难测，天地间气象万千，令人陶醉。

简译：碧海吞天势不可挡，泄水之处了不可见。海气空蒙笼罩万里，哪里才是赤县神州。苍天忽然改变仪容，豁然开朗别开生面。模糊不清迷惑人眼，方始察觉寒暑变化。丝丝凉意森冷侵人，暴雨滂沱如同霰雪。想要天边云朵做絮，片片云衫随风而去。回顾后方残月微明，绚丽霞光铺满大地。

题哥耶（Goya）[1]画斗牛图[2]　用韩孟斗鸡联句韵[3]

青兕[4]排山来，红绫[5]张以待。
赫曦[6]照临处，奇服戢[7]光彩。
追逐罔造次[8]，格斗濒危殆[9]。
周旋临大敌，壁立[10]弥自在。
疾似风扫叶，安如戟前镦[11]。
涤荡[12]踞高原，秋风拂爽垲[13]。
旁观久噤痒[14]，往复相嵬磊[15]。
进不以险移，退未因患改。
哀呼声震慄，驰骤[16]毛翻皠[17]。
脱手势小挫，回头勇百倍。
侧睨[18]虎豹姿，展转蛟龙醢[19]。
咥人[20]怒何强，履尾[21]气终馁。
躲闪信能事，机巧出欺绐[22]。
叩歌非宁戚[23]，迈步笑章亥[24]。
力竭方就死，牛乎汝何罪。
以斗博人欢，厥过畴能浼[25]。
但以智争赢，何殊宝为贿。
嗜杀久成俗，传自爱琴海。
至今变加厉，好之骄且怠。
助叫喧旅人，丕绩此嘉乃[26]。
君看哥耶笔，水墨懒加彩。
白手战方酣[27]，戎车奔屡凯。
时已蔑恻隐，道焉得大隗[28]。
饮血[29]思鸿濛[30]，夬履[31]愬[32]真宰。
聊为自警篇，他山[33]庶可采。

注释：

①哥耶（戈雅）：（Francisco Jose de Goyay Lucientes，1746—1828）是西方美术史上开拓浪漫主义艺术的先驱。西方美术史上称戈雅为“画家中的莎士比亚”。戈雅一生创作极为丰富，肖像画就有 200 多幅，还有风景画、版画等等。

②斗牛图：哥耶（戈雅）的《乡村斗牛》作品。

③韩孟斗鸡联句：韩愈、孟郊等人的《斗鸡联句》诗韵。

④青兕：青兕牛。古代犀牛类兽名。一角，青色，重千斤。《楚辞·招魂》：“君王亲发兮惮青兕。”王逸注：“言怀王是时亲自射兽，惊青兕牛而不能制也。”洪兴祖补注：“《尔雅》：兕，似牛。注云：一角，青色，重千斤。”此代指斗牛中的牛。

⑤红绫：斗牛用的红布。

⑥赫曦：指阳光。

⑦戢：收敛。

⑧造次：粗鲁，轻率。《宋书·建平宣简王宏传》：“驱乌合之众，隶造次之主，貌疎情乖，有若胡越。”

⑨危殆：犹危险。《管子·立政》：“夫朋党处前，贤不肖不分，则争夺之乱起，而君在危殆之中。”

⑩壁立：像墙壁一样耸立。

⑪戟前镦：矛戟柄末的平底金属套。

⑫涤荡：荡洗；清除。汉·刘歆《遂初赋》：“心涤荡以慕远兮，回高都而北征。”

⑬爽垲：高爽干燥。《左传·昭公三年》：“子之宅近市，湫隘嚣尘，不可以居，请更诸爽垲者。”杜预注：“爽，明；垲，燥。”

⑭噤瘁：寒噤。《说文·疒部》：“［疒辛］，寒病也。”徐锴《说文解字系传》：“《字书》寒噤也。”

⑮嵬磊：高大貌。

⑯驰骤：驰骋，疾奔。《韩非子·外储说右下》：“造父御四马，驰骤周旋，而恣欲于马。”

⑰皠：洁白。

⑱侧睨：斜视。宋·苏轼《鹤叹》诗：“鹤有难色侧睨予，岂欲臆对如鹏

乎？”

⑲醢：古代的一种酷刑，把人杀死后剁成肉酱。

⑳啀人：咬人，此指咄咄逼人。

㉑履尾：踩踏虎尾。喻身蹈危境。《晋书·袁宏传》：“仁者必勇，德亦有言，虽遇履尾，神气恬然。”

㉒欺绐：欺骗。汉·桓宽《盐铁论·褒贤》：“主父偃以口舌取大官，窃权重，欺绐宗室。”

㉓宁戚：春秋卫人，齐大夫。《楚辞·离骚》：“宁戚之讴歌兮，齐桓闻以该辅。”王逸注：“宁戚修德不用，退而商贾，宿齐东门外。桓公夜出，宁戚方饭牛，叩角而商歌。桓公闻之，知其贤，举用为客卿，备辅佐也。”

㉔章亥：大章和竖亥。古代传说中善走的人。《文选·张协〈七命〉》：“蹑章亥之所未迹。”李善注引《淮南子》：“禹乃使大章步自东极，至于西极，二亿三万三千五百里七十步；使竖亥步自北极，至于南极，二亿三万三千五百七十里。”

㉕涴：玷污。

㉖丕绩此嘉乃：对有功业的人进行嘉奖。《书·大禹谟》：“予懋乃德，嘉乃丕绩。”

㉗战方酣：交战正激烈。

㉘大隗：神名。《庄子·徐无鬼》：“黄帝将见大隗乎具茨之山。”陆德明释文：“或云：大隗，神名也。”

㉙饮血：血泪满面，流入口中。形容极度悲愤。《文选·李陵〈答苏武书〉》：“天地为陵震怒，战士为陵饮血。”李善注：“血即泪也。”

㉚鸿濛：宇宙形成前的混沌状态。《庄子·在宥》：“云将东游，过扶摇之枝，而适遭鸿濛。”成玄英疏：“鸿濛，元气也。”

㉛夬履：急躁莽撞。《周易·履》五爻讲：“夬履，贞厉。”《象》曰：“夬履贞厉，位正当也。”

㉜愬：同“诉”。

㉝他山：即他山之石。《诗·小雅·鹤鸣》：“它山之石，可以为错。”毛传：“错，石也，可以琢玉。举贤用滞，则可以治国。”郑玄笺：“它山喻异国。”又：“它山之石，可以攻玉。”毛传：“攻，错也。”本谓别国的贤才也可用为本国的辅佐，正如别的山上的石头也可为砺石，用来琢磨玉器。后因以“他山之石”喻指能帮助自己改正错误缺点或提供借鉴的外力。

浅解：

斗牛场面壮观，格斗惊心动魄，富有强烈的刺激性，千百年来，这种人牛之战吸引着世界各地的人们，同时也饱受争议。饶公观哥耶斗牛之画，对斗牛之事恻隐落泪，体现其博爱之心。

简译：怒牛排山倒海闯来，红布展开以待来牛。阳光披洒照耀勇士，光彩奇服令其失色。竞相追逐罔觉轻率，如此肉搏险境环生。反复较量如临大敌，伫立其中灵活自如。疾进如狂风扫落叶，安然若矛戟之金镦。似雨纷飞荡洗高原，秋风过处爽朗干燥。从旁观察令人发颤，往复回环如攀高地。勇往不因风险移动，退避未因困境而改。哀呼之声使人战栗，驰骋周旋皮毛翻白。微小挫折适当脱手，回过脸来勇增百倍。侧眼端倪虎豹之姿，辗转之间已成肉酱。咄咄逼人气势强大，身蹈危境气终消殆。躲闪回避方显本事，机智巧妙善用谋略。非叩歌喂牛之宁戚，迈步大笑章亥之徒。身疲力竭痛苦而死，牛儿你究竟犯了何罪。以搏斗讨人们欢心，倒地不起受尽耻辱。以智克力以争促赢，何相异于贿宝赠物。喜好杀戮久成风俗，自爱琴海流传开来。至今变本加厉，甚爱此事既骄且怠。旅人为之助威呐喊，勇士得胜获取荣誉。请君欣赏戈雅画笔，朴素水墨不加色彩。徒手交战十分激烈，戎车出战纵横驰骋。时下轻视恻隐之心，如何祈求神明庇护。泪流满面追思往昔，莽撞祷告苍天真宰。赋作此诗警示自己，他山之石亦可采之。

哥多瓦（Cordoba）歌　次陆浑山火韵[1]

一水东流百里浑，残甃废垒据其源。八荒抉眦[2]安足吞，阴阳[3]为寇风腾轩。宫墉百雉[4]红如燔（Aljama Mosque），我来黄昏登古原。思昔回回撼乾坤，阿米亚（Omayyads）势伸无垠。崛起新朝（Abbasids）修巍垣，敞开万户更千门。神工鬼斧丽朝暾[5]，虫沙[6]飞伏鹤欤猿。长桥卧波谁叱鼋[7]，随阳[8]就温聚鸿鹍。帆樯[9]千里争飞奔，报达（Bagdad）以外兹最尊[10]。体天作制辟华园，嘉树幽茂花秾繁。玛瑙充闾[11]珂佩喧，金声玉润吹篪埙[12]。八维[13]九隅[14]森旗旛[15]，学人纷至虱处裈[16]。挂辖牵靷摩肩臀[17]，重城阒尔[18]且驻辕[19]。扬尘周道垂雕鞬[20]，坏墙霞染日烧轓，郁蒸广陌飙缙帤[21]，穹庐[22]万柱似蜂屯[23]。绮疏[24]璀璨玻璃盆，车渠石碗凤皇樽[25]。梁四公子[26]所未言，人间久历雨风翻[27]。往事千秋笑平反，祆神[28]赪眼[29]今犹暖。玄以为门净为根，火经副墨[30]雒诵[31]孙。真人踵息[32]气归跟，教泽[33]如山浩荡恩。一一皆可究其原，谁谓天关[34]不可援。帝赐可兰（Koran）万古论，文字蛟螭缠陛阍[35]。柑林（Orange Tree Courtyard）依旧留藓痕，于兹游目兼遨魂[36]。幽房临春曾锁冤，婵嫣[37]古泪至今存。悬知[38]秀色美可飧，多少佳丽通媾婚。向来兵马资长昆，（用徐陵与岭南酋豪书）献阶干戚[39]舞蹲蹲。百兽轩鞶[40]凤翥骞[41]，一洗西海诸仇怨。蒙庄[42]博依[43]等鹏鲲，长春[44]亦复逾昆仑。莫思西狩[45]战尘昏，木司塔辛玉石焚。时清久已驱忧烦，逝矣有舌休重扪。

哥多瓦与报达、亚历山大，为中古回教三大中心圣地，学者咸集。一二五八年旭烈兀（Hulagu Khan）西征，破报达，以马蹄蹦平之，杀回教徒八十万人，遂使数百年中亚天方烈焰忽焉衰绝，堵阻回教势力东侵之势。

元史宪宗纪云："八年春正月，诸王旭烈兀讨回回哈里发（Khalifa），平之，禽其王。"此为蒙古征服之末代哈里发，即木司塔辛（Mostassim）。事又详《新元史·报达传》。至顺三年，瞻思撰《哈珊神道碑》云："仲讳速混察，从皇弟旭烈育适西域。"（沈涛《常山贞石志》卷二十一）旭烈育，《诸王表》作旭烈兀，《百官志》、《食货志》、《察罕传》、《郝经传》做旭烈，《速不台传》做吁里兀，《本纪》做旭烈或旭烈兀，附记于此。

注释：

①陆浑山火韵：唐·韩愈《陆浑山火和皇甫湜用其韵》诗韵。

②抉眦：目眦欲裂。

③阴阳：天地。《礼记·郊特牲》："乐由阳来者也，礼由阴作者，阴阳和而万物得。"孔颖达疏："和，犹合也，得谓各得其所也，若礼乐由于天地，天地与之和合则万物得其所也。"孙希旦集解："乐由天作，故属乎阳；礼由地制，故属乎阴，阴阳和则万物得，礼乐和则万事顺。"

④百雉：指城墙的长度达三百丈。《礼记·坊记》："都城不过百雉。"

⑤朝暾：初升的太阳。亦指早晨的阳光。《隋书·音乐志下》："扶木上朝暾，嵫山沉暮景。"

⑥虫沙：比喻战死的兵卒。亦泛指死于战乱者。唐·黄滔《周以龙兴赋》："子蛮貊而虫沙附，甲忠信而鬐鬣张。"

⑦叱鼋：《竹书纪年》卷下："穆王三十七年，伐楚，大起九师，东至于九江，叱鼋鼍以为梁。"后因以"鼋梁"借指帝王的行驾。叱鼋，即驱车。

⑧随阳：跟着太阳运行。指候鸟依季节而定行止。《书·禹贡》"阳鸟攸居"孔传："随阳之鸟，鸿雁之属，冬月所居于此泽。"

⑨帆樯：借指帆船。《旧唐书·高骈传》："风伯雨师，终阻帆樯之利。"

⑩兹最尊：指哥多瓦的尊贵。

⑪充闾：光大门庭。《晋书·贾充传》："贾充字公闾……〔父逵〕晚始生充，言后当有充闾之庆，故以为名字焉。"

⑫篪埙：埙与篪这两件乐器形制各异，前者如梨形，后者如笛状，但因发音原理相同，音色相近，两者在一起演奏可以获得音色和谐的效果。《诗经·小雅》："伯氏吹埙，仲氏吹篪"。

⑬八维：四方和四隅合称八维。汉·东方朔《七谏·自悲》："引八维以自道兮，含沆瀣以长生。"

⑭九隅：九方。《黄庭内景经·上睹》："上睹三元如连珠，落落明景照九隅。"

⑮旗旛：旌旗。唐·王建《寄贺田侍中东平功成》诗："百里旗旛冲即断，两重衣甲射皆穿。"

⑯虱处裈：“虱处裈中”是阮籍《大人先生传》中所用的一个比喻。他用处于裤裆中的虱子比喻那些“唯法是修”、“唯礼是克”的所谓君子，说明这些追求功名的君子活在世上，与裤裆中的虱子无异。后常以此形容人见识短浅，庸碌无为。又作“虱处裈”、“裈虱”。《晋书·阮籍传》：“独不见群虱之处裈中？逃乎深缝，匿乎坏絮，自以为吉宅也；行不敢离缝际，动不敢出裈裆，自以为得绳墨也。然炎丘火流，焦邑灭都，群虱处于裈中而不能出也。君子之处域内，何异夫虱之处裈中乎？”

⑰挂辖牵靷摩肩臀：南朝·宋·鲍照《芜城赋》：“当昔全盛之时，车挂轊，人驾肩。”形容哥多瓦的景象。轊，车轴头，即套在车轴末端的金属筒状物。靷，引车前行的皮带。

⑱阒尔：寂静貌。晋·葛洪《抱朴子·用刑》：“不训不营，相忘江湖，朝廷阒尔若无，人民则至死不往来。”

⑲驻辕：军队驻扎。

⑳扬尘周道垂雕鞬：《乐府诗集》二十四。《紫骝马》：“垂鞬还细柳，杨尘归上兰。”鞬，马上盛弓箭的器具。

㉑缗帑：《说文解字》：“《广韵》缗字下云：缗帑，乱取。此今义，非许义。从巾，夗聲，于袁切，十四部。”

㉒穹庐：古代游牧民族居住的毡帐。《汉书·匈奴传下》：“匈奴父子同穹庐卧。”此指蒙古人。

㉓蜂屯：犹蜂聚。元·陈高《丁酉岁述怀一百韵》：“处处蜂屯盛，时时豕突狂。”

㉔绮疏：指雕刻成空心花纹的窗户。《后汉书·梁冀传》：“窗牖皆有绮疏青琐，图以云气仙灵。”

㉕车渠石碗凤皇樽：车渠、凤皇樽皆酒杯名。

㉖梁四公子：南朝·梁·沈约著作《梁四公子记》。

㉗久历雨风翻：即久历风尘，经历过很多艰苦的日子。

㉘祆神：祆教所尊奉祭祀的神。唐·段成式《酉阳杂俎·物异》：“相传祆神本自波斯国乘神通来此，常见灵异，因立祆祠。”

㉙赪眼：红眼。

㉚副墨：指文字，诗文。《庄子·大宗师》：“闻诸副墨之子。”王先谦集解引宣颖云：“文字是翰墨为之，然文字非道，不过传道之助，故谓之副墨。”

㉛雒诵：反复诵读。雒，通“络”。清·戴名世《〈方百川稿〉序》：“得尽读两人之文，往往循环雒诵，不忍释去。”

㉜踵息：道家炼气养生之法。亦指呼吸徐缓深沉。语本《庄子·大宗师》："真人之息以踵，众人之息以喉。"成玄英疏："真人心性和缓，智照凝寂。至于气息，亦复徐迟。脚踵中来，明其深静也。"

㉝教泽：教化或教育的恩泽。《战国策·齐策六》："田单之爱人！嗟，乃王之教泽也！"

㉞天关：犹天门。北周·庾信《周祀圜丘歌·雍乐》："回日辔，动天关。"

㉟陛阍：宫门。

㊱遨魂：谓使精神得到游乐。

㊲婵嫣：卯年的别称。清·冯桂芬《程楞香中丞六十寿序》："端蒙婵嫣之岁，日在翼将迁于寿星之次。"

㊳悬知：料想；预知。北周·庾信《和赵王看伎》："悬知曲不误，无事畏周郎。"

㊴干戚：盾与斧。古代的两种兵器。亦为武舞所执的舞具。《诗·大雅·公刘》："弓矢斯张，干戈戚扬，爰方启行。"毛传："戚，斧也。"郑玄笺："干，盾也。"

㊵轩鼕：《玉篇》鼓声。帝乃载歌，鼕乎鼓之，轩乎舞之。

㊶翥骞：鸟向上飞。

㊷蒙庄：庄子。

㊸博依：广为比喻，指诗的比兴而言。《礼记·学记》："不学操缦，不能安弦；不学博依，不能安诗；不学杂服，不能安礼。"

㊹长春：长春子丘处机。成吉思汗曾召见于西域，封为大宗师，赐号长春真人，命总领道教。见《元史·释老传·丘处机》。

㊺西狩：相传鲁哀公十四年在大野狩猎获麒麟。孔子作《春秋》，至此而绝笔。《左传·哀公十四年》："春，西狩获麟。"杜预注："麟者，仁兽，圣王之嘉瑞也。时无明王，出而遇获。仲尼伤周道之不兴，感嘉瑞之无应，故因鲁《春秋》而修中兴之教。绝笔于'获麟'之一句，有感而作，固所以为终也。"此代指蒙古军队西征。

浅解：

此诗继承了韩愈原诗"以文为诗"的特点，展现了哥多瓦地区的历史变迁（具体详见饶公注解），劝诫世人以史为鉴，以便更好地把握自身，大到治理国家，小到自我修养。

简译：江水东流百里浑浊，昔日宫殿依水而建。胸怀并吞八荒之心，天地为寇大风腾跃。百丈宫墙红如烤火，黄昏登此古老之地。思惊天动地之往事，阿米亚其势不可挡。新朝崛起修建城府，屋宇深广万户千门。鬼斧神工丽如晨光，士兵战死鹤怨猿惊。长桥卧波谁人驱驾，鸿雁随太阳而迁徙。千里破浪帆船飞奔，报达之外此最尊贵。体天作制开辟家园，树木繁茂花意正浓。玛瑙嵌门珂佩鸣喧，篪埙合奏声润优绝。四面八方旌旗森然，学人咸集追名逐利。车头挂辖靷带摩肩，都城死寂军队驻扎。大道扬尘奔马垂弓，霞染坏墙日烧战车。郁蒸大地大风狂飙，蒙古毡帐如蜂簇拥。窗花璀璨玻璃做盆，车渠为杯凤皇做樽。《梁四公子》未曾提及，人间艰难困苦繁多。千秋往事一笑而过，祆神红眼今日犹暖。玄妙为门心净为根，《火经》副墨反复诵读。呼吸徐缓气归丹田，教育恩重如山浩荡。一一皆可追其源流，谁说天关无法救援。天赐可兰万古传送，文如蛟龙缠绕宫门。橙树庭院仍留藓痕，游目骋怀神游此地。近春深房曾锁冤屈，婵嫣古泪残留至今。谁料想到秀色可餐，多少佳丽联姻通婚。兵马之任资于长昆，庭阶献舞干戚飞扬。百兽争喧凤凰争飞，洗尽西海诸多仇怨。庄周意怠等与鲲鹏，长春子越昆仑之巅。切莫追思西征战事，木司塔辛玉石俱焚。如今清平忧烦已驱，往事莫要扪心重提。

阿含伯勒宫（Al-Hambra） 用昌黎岳阳楼韵[1]

崇墉[2]诸山间，卑高[3]互揖让。擎天丹砂塔（弗米利恩塔 Vermilion Towers），形势兀雄放。耳门（Archand Gateofthe Ears）与正阙（正义之门 Gateof Justice），岝㠑[4]纷殊状。山郭俨伉俪[5]，举案[6]相拱向。含滋藓树深，浴雪波潮长。星光灿成银，颢穹[7]密而妨。皇居巍峨起，楼橹[8]江山壮。阛阓[9]连堡坞，万蹄复千两。南统珊瑚海，西望花林旷。（大秦景教碑语。）白氎[10]火浣布[11]，青绝金鸡帐[12]。人事苦俇攘[13]，营魂[14]伤慑踢[15]。今践无人境，怀旧增愀怆[16]。清晨登井干[17]，赪壤[18]皆亭障[19]。守关原在险，强敌未敢傍。固护有基扃[20]，气接沙漠上。莽莽地积阴，冥冥天覆盎。虚霩[21]矗无垠，日月驰不亮。残梦罥[22]蛛丝，年载更絺纩[23]。沧桑换芜城[24]，吞恨[25]谁相况。苍山白千里，皓皓慌瀇瀁[26]。维时[27]方炽热，萧条缩寒涨。会观阊阖[28]内，厢序屹可望。密石饰阶墀，俯仰心神畅。旋室[29]娟窈窕，今昔集忻怅[30]。瞑矇[31]以勿罔，心悸劳疲恙。庭草碧未除，榴花绿新酿。当年行幸[32]地，金杯递清唱。兰楯骈增错[33]，沉香珠设酱[34]。累巧不胜书[35]，欢愉故难忘。欧文（W. Irving）旧有记，纵览久神王[36]。摹写虽织缛，暗世忆趚亢。外史[37]杂秘辛[38]，艳迹蔑猜谤。阎浮[39]共一沤[40]，何劳问真妄。如临景福殿，飞宇[41]列仙仗[42]。罘罳[43]多龙文[44]，炜烨生谲诳[45]。椒房[46]无月妃[47]，逍遥待云将[48]。回纥[49]呼赤城，嘉名吁良当。畴夷七级塔，烬灭[50]随藁葬。眯眼起黄埃，边风急寒浪。哀志摧短日[51]，促路[52]更谁谅。杖触[53]抚前尘，覆车[54]惩初创。霸图怅已矣[55]，人世几得丧[56]。虺蜮[57]斗未已，殷鉴[58]兹堪尚。修世焉易觊，休命[59]赖国相。不然夸奓[60]佚[61]，贪欢余一晌。临风空涕零[62]，何辞远临访。

［以上丙辰（一九七六年）游西班牙作］

Al—hambra 意为赤城。九世纪间 Granada 之第一皇帝 Ziries 所营建，合堡坞（Alcazaba）、皇居（Alcazar）、城市（Medina）三者为一体。十四世纪阿剌伯诗人 Ibn Zamrak 有句咏之云："城为妇兮山为夫。"（The city is a lady whose husband is the hill）一八〇八年至一八一二年，其地为拿破仑军队所据，其七级塔（Torre de siete suelos）及水塔（Torre del Aqua）皆夷为平地。一八二九年美国作家 W. Irving 尝从 Senille 莅此游历，著有 The tales of the Al—hambra，至今为人传诵。

注释：

①昌黎岳阳楼韵：唐·韩愈《岳阳楼别窦司直》诗韵。

②崇墉：高墙；高城。《文选·王延寿〈鲁灵光殿赋〉》："崇墉冈连以岭属，朱阙岩岩而双立。"

③卑高：上下。

④岞嶺：嶺山。俗说此山本在太湖中，禹治水，移进近吴。又东及西南有两小山，皆有石如卷笮，俗云禹所用牵山也。太湖中有浅地，长老云是笮嶺山跖。

⑤伉俪：夫妇。《晋书·孙楚传》："初，楚除妇服，作诗以示济（王济），济曰：'未知文生于情，情生于文，览之凄然，增伉俪之重。'"

⑥举案：《后汉书·逸民传·梁鸿》："每归，妻为具食，不敢于鸿前仰视，举案齐眉。"王先谦集解引沈钦韩曰："举案高至眉，敬之至。"后泛指夫妻相敬爱。

⑦颢穹：指苍天。

⑧楼橹：古代军中用以瞭望、攻守的无顶盖的高台。建于地面或车、船之上。《后汉书·公孙瓒传》："今吾诸营楼橹千里，积谷三万斛，食此足以待天下之变。"

⑨阛阓：街市；街道。《文选·左思〈魏都赋〉》："班列肆以兼罗，设阛阓以襟带。"

⑩白氎：《祖庭事苑》："徒叶切，草名也。出高昌国，采其花，织以为布。又出婆利国，粗者名古具，细者名白氎。"

⑪火浣布：指用石棉纤维纺织而成的布。由于其具不燃性，在火中能去污垢，中国早期史书中常称之为"火浣布"或"火烷布"。

⑫金鸡帐：即金鸡障；亦作"金鸡宝帐"、"金鸡步帐"。画金鸡为饰的坐障。唐·白居易《胡旋女》诗："中有太真外禄山，二人最道能胡旋。梨花园

中册作妃，金鸡障下养为儿。”

⑬侹攘：纷扰不安。《楚辞·九辩》：“悼余生之不时兮，逢此世之侹攘。”

⑭营魂：犹魂魄。《后汉书·寇荣传》：“不胜狐死首丘之情，营魂识路之怀。”

⑮踢：跌倒。

⑯愀怆：忧伤。三国·魏·嵇康《琴赋》：“是故怀戚者闻之，莫不憯懔惨凄，愀怆伤心。”

⑰井干：泛指楼台。《文选·谢朓〈同谢咨议咏铜雀台〉诗》：“繐帷飘井干，罇酒若平生。”

⑱赪壤：红土。古代用以涂饰墙壁。南朝·宋·鲍照《芜城赋》：“制磁石以御冲，糊赪壤以飞文。”

⑲亭障：古代边塞要地设置的堡垒。《尉缭子·守权》：“凡守者，进不郭围，退不亭障以御战，非善者也。”

⑳固护有基扃：城阙牢固。《文选·鲍照〈芜城赋〉》：“观基扃之固护，将万祀而一君。”

㉑虚霩：道家指天地未形成时的状态。《淮南子·天文训》：“道始于虚霩，虚霩生宇宙，宇宙生气。”此指空阔的天地。

㉒罥：悬挂。

㉓絺纻：葛布与丝绵。指夏衣与冬衣。唐·张说《登九里台是樊姬墓》诗：“《诗》、《书》将变俗，絺纻忽弥年。”

㉔芜城：古城名，即广陵城。故址在今江苏省江都县境。西汉吴王刘濞建都于此，筑广陵城。南朝宋竟陵王刘诞据广陵反，兵败死焉，城遂荒芜，鲍照作《芜城赋》以讽之，因得名。

㉕吞恨：犹饮恨。南朝·宋·鲍照《芜城赋》：“天道如何，吞恨者多。”

㉖沆漭：水深广无涯貌。汉·枚乘《七发》：“浩沆漭兮，慌旷旷兮。”

㉗维时：斯时；当时。明·叶盛《水东日记·敕词与部奏违异》：“盖维时阁老以权臣自任，不复顾惮，惟其意之所欲为矣。”

㉘阊阖：指宫殿，此指阿含勒伯宫。南朝·梁·费昶《华观省中夜闻城外捣衣》诗：“阊阖下重关，丹墀吐明月。”

㉙旋室：曲折回环的宫室。

㉚忻怅：悲喜交加。

㉛瞠矇：即“铿瞑”。看不清楚。

㉜行幸：古代专指皇帝出行。《汉书·武帝纪》：“〔元鼎〕四年，冬十月，

行幸雍。”

㉝兰栭蜗增错：兰栭重叠，井栏交错。栭，柱顶上支承梁的方木，蜗，通“蜗”，蜗牛。三国·魏·何晏《景福殿赋》：“蜗徙增错，转县成郛。……于是兰栭积重，窭数矩设。”

㉞设酱：如涂酱般光亮。

㉟累巧不胜书：胜，举也。言不可胜而书。三国·魏·何晏《景福殿赋》：“繁饰累巧，不可胜书。”

㊱神王：谓精神旺盛。王，通“旺”。语出《庄子·养生主》：“泽雉十步一啄，百步一饮，不蕲畜乎樊中，神虽王不善也。”

㊲外史：野史。

㊳秘辛：古书卷帙名目。

㊴阎浮：梵语的音译，大树名。《长阿含经》：“阎浮提，有大树王，名曰阎浮，围七由旬，高百由旬。”

㊵一沤：一个水泡。佛教用以喻无常生灭。《楞严经》卷六：“空生大觉中，如海一沤发。”

㊶飞宇：飞檐。《文选·何晏〈景福殿赋〉》：“若乃高甍崔嵬，飞宇承霓。”

㊷仙仗：指皇帝的仪仗。唐·岑参《奉和中书贾至舍人早朝大明宫》诗：“金阙晓钟开万户，玉阶仙仗拥千官。”

㊸罘罳：古代设在门外或城角上的网状建筑，用以守望和防御。《汉书·文帝纪》：“未央宫东阙罘罳灾。”

㊹龙文：书体，书法。

㊺炜烨生谲诳：谓文辞明丽晓畅。《文选·陆机〈文赋〉》：“奏平彻而闲雅，说炜烨而谲诳。”

㊻椒房：泛指后妃居住的宫室。《北史·周纪下·高祖武帝》：“椒房丹地，有众如云，本由嗜欲之情，非关风化之义。”

㊼月妃：喻指皇后。语本《礼记·昏义》：“故天子之与后，犹日之与月。”

㊽云将：寓言中称云的主将。《庄子·在宥》：“云将东游，过扶摇之枝，而适遭鸿濛。”

㊾回纥：旧时称回民，信仰伊斯兰教的人。

㊿烬灭：烧毁；灭绝。唐·李翱《陵庙日朔祭议》：“盖遭秦火，《诗》、《书》、《礼经》烬灭，编残简缺，汉乃求之先儒。”

51短日：冬季昼短夜长，故称冬令白天为“短日”。喻指人生短暂。

52促路：短途。喻短促的人生。《文选·陆机〈吊魏武帝文〉》：“长筭屈于短日，远迹顿于促路。”

㊸怅触：感触。唐·李商隐《戏题枢言草阁三十二韵》：“君时卧怅触，劝客白玉杯。”

㊹覆车：比喻失败的教训。《后汉书·翟酺传》：“禄去公室，政移私门，覆车重寻，宁无摧折。”

㊺霸图怅已矣：宏伟霸业早已消逝。唐·陈子昂《蓟丘览古赠卢居士藏用七首燕昭王》：“霸图怅已矣，驱马复归来。”

㊻人世几得丧：人世间的得失。宋·苏轼《凌虚台记》：“夫台犹不足恃以长久，而况于人世之得丧，忽往而忽来者欤?”

㊼虺蜮：蜇人的毒蛇和含沙射影的蜮。亦比喻阴险恶毒的害人者。南朝·宋·鲍照《芜城赋》：“坛罗虺蜮，阶斗麏鼯。”

㊽殷鉴：谓殷人子孙应以夏的灭亡为鉴戒。《诗·大雅·荡》：“殷鉴不远，在夏后之世。”

㊾休命：美善的命令。多指天子或神明的旨意。《易·大有》：“君子以遏恶扬善，顺天休命。”

㊿夸奓：自大。

(61)佚：放荡。

(62)涕零：流泪；落泪。《诗·小雅·小明》：“念彼共人，涕零如雨。”

浅解：

阿含勒伯宫是西班牙的著名故宫，为中世纪摩尔人在西班牙建立的格拉纳达王国的王宫。阿拉伯语意为“红堡”。有“宫殿之城”和“世界奇迹”之称。始建于13世纪阿赫马尔王及其继承人统治期间。1492年摩尔人被逐出西班牙后，建筑物开始荒废。1828年在斐迪南七世资助下，经建筑师何塞·孔特雷拉斯与其子、孙三代进行长期的修缮与复建，才恢复原有风貌。此诗描述了阿含勒伯宫（Al—Hambra）的繁荣与衰落，阐发了战乱带给人世的危害和苦难，奉劝世人要以史为鉴，莫要一晌贪欢，落得个失败下场。

简译：高城矗立诸山之间，不相上下互相揖让。丹砂之塔一柱擎天，直耸挺拔气势雄放。耳门与正义门罗列，形状各异石如卷笮。山与城如结发夫妻，举案齐眉拱手相向。雨水润泽藓树深茂，沐风浴雪潮水汹涌。星光璀璨夜色如银，天穹缜密无可透漏。皇居雄壮平地而起，高台林立江山壮丽。街道如带接连堡坞，骏马万蹄大车千辆。南边统及珊瑚海域，西边望尽旷野花林。细如白氎火浣之布，清雅至极金鸡宝帐。人事沧桑苦乱不安，游魂遍野摄人心魂。如今来到无人之境，思念往昔徒增忧伤。清晨时分登上楼台，红墙堡垒遍布当地。利用天然险峻守关，强敌未敢贸然靠近。城楼宫阙坚固结实，宏伟之气接连沙漠。大地莽莽阴气聚集，天色冥冥如盏遮蔽。天地开阔无边无际，日月之光无法透射。残余梦境布满蛛丝，年岁交替冬夏变换。历尽沧桑城遂荒芜，抱恨含冤谁能相比。云山千里洁白苍苍，水天皓皓深邃无边。

是时天地炽热方显，万物萧条寒气依旧。观阿含勒伯宫之内，厢房有序屹然可望。细密之石装饰台阶，进退俯仰心神舒畅。宫室回环娟秀窈窕，今昔对比悲喜交加。看不清的事恍恍惚惚，心中早已疲劳患恙。庭阶碧草还未割除，榴花新绿孕育而生。当年皇帝出行之处，金杯银杯祝酒清唱。兰楯重叠井栏交错，方木熏香珠履涂酱。装饰巧妙难以言表，欢乐愉快难以忘怀。作家欧文旧有记载，纵览令人久久精神旺盛。依样描画繁复琐杂，昧时追忆趫悍之人。野史与秘史相鉴，历史艳迹蔑弃猜谤。大树阎浮共生一沤，何必寻问真妄之心。犹如登临景福宫殿，屋檐飞距仙杖罗列。城墙罘罳刻以龙书，明丽晓畅诡奇虚妄。后宫皇后早已不在，逍遥等待云将东来。旧时回民称 Al-hambra 为赤城，如此嘉名实至名归。七级宝塔夷为平地，毁坏枯草相伴而葬。黄尘扬起睁不开眼，北风急下寒浪四起。心有哀愁岁月催老，短促人生谁能体谅。抚今追昔深有感触，失败教训惩前毖后。称霸雄图惆怅逝去，人世间有多少得失。阴毒之人争斗不已，以史为鉴方知尚贤。治理国家并非易事，圣明旨意有赖国相。不然容易自大放荡，到头只是一晌贪欢。迎风徒然哭泣流涕，不辞远道前来拜访。

中峤杂咏

36Poems Chinois Sur I'Auvergne

五月廿三日，雷威安（A. Lévy）夫妇驱车载余，自巴黎至波尔多（Bordeaux）城。中间经卢瓦尔（Loire）河行宫，遂入万山中。共行二千华里，沿途得诗卅一首。雷君谓法语三十六始为成数；因思王荆公诗“三十六陂秋水”，黄山谷诗“县楼三十六峰寒”，例有同然，爰足成之。以其地法语统名 Massif Central，遂命曰中峤，雷君悉译成法文，将刊行云。

一九七六年六月饶宗颐于巴黎。

高庐（gaulois）[①]旧迹费幽寻，长坂[②]柴车[③]匹马喑。
此去丛祠[④]将百里，重山莽莽日如金。

注释：

①高庐（gaulois）：即高卢，是指现今西欧的法国、比利时、意大利北部、荷兰南部、瑞士西部和德国莱茵河西岸一带。

②长坂：亦作“长阪”，犹高坡。汉·司马相如《哀二世赋》：“登陂阤之长阪兮，坌入曾宫之嵯峨。”

③柴车：简陋无饰的车子。《韩诗外传》卷十：“疏食恶肉，可得而食也；驽马柴车，可得而乘也。”

④丛祠：建在丛林中的神庙。《史记·陈涉世家》：“又闲令吴广之次所旁丛祠中，夜篝火，狐鸣呼曰‘大楚兴，陈胜王’。”

浅解：

此诗描绘了饶公初到法国乘车赶路之景，侧面描述了古高庐之地：法国古老的文化气息和幽深的自然环境。

简译：高庐旧迹幽深难寻，驱车登坡劣马不鸣。神庙据此百里之远，山林繁茂烈日如金。

车上征尘①衣上云②，四围暝色③乱山昏。
古原落日苍茫地，偶有钟声远处闻。

注释：

①征尘：路上扬起的尘埃。唐·王勃《别人》诗之一："自然堪下泪，谁忍望征尘？"
②衣上云：指云气。
③暝色：暮色；夜色。南朝·宋·谢灵运《石壁精舍还湖中作》诗："林壑敛暝色，云霞收夕霏。"

浅解：

诗歌前两句化用宋·张先《醉垂鞭》中的"昨日乱山昏，来时衣上云。"此诗本用于赞美美女，昏暗的乱山，朵朵的白云，从中徐徐而出，仿佛身着云衣的美女从云端飘然而降。饶公借来比拟落日美景。尾联写到钟声，衬托出黄昏之静，表达了饶公羁旅风尘仆仆的孤寂忧愁，可与唐·张继《枫桥夜泊》的"夜半钟声到客船。"相媲美。

简译：驱车染尘云气升腾，夜幕降临乱山迷蒙。日落古原旷野之地，时有钟声远处传来。

雕镂①神怪役万夫，地狱净风②路各殊。
血洒宫门思烈士，诸天③亦不惜头颅。

题 Bourge 教堂。大革命时，阊阖天神石像，头颅多被砍去。

注释：

①雕镂：雕刻。唐·李商隐《富平少侯》诗："彩树转灯珠错落，绣檀回枕玉雕镂。"
②地狱净风：Bourge 教堂雕有末日审判主体的门楣上，大天使圣米迦勒、死而复生的少年、裹着长袍的上帝的选民带着微笑仰视着基督，而地狱里则满是魔鬼和备受痛苦折磨的生物。

③诸天：原指护法众天神。此指阊阖天神石像。

浅解：

Bourge 教堂始建于 1195 年，历时 60 多年才完工，是法国中世纪基督教的权力中心，与沙特尔大教堂一样是第一批哥特式建筑，隶属于同种风格建筑中的佼佼者，以匀称的比例、雕刻、绘画以及彩色玻璃闻名。1992 年，被联合国教科文组织列入世界遗产。此诗简洁地介绍了教堂独特的雕刻艺术以及战乱时期遭受破坏历史事实。

简译：役夫建造神怪雕塑，地狱天堂相差甚远。血洒宫门追思烈士，天神不惜头颅落地。

垂柳摇丝陌上①新，近溪已见十分春。
了无哀乐缠胸次，野旷天寒不见人。

经 Montlucon 作。

注释：

①陌上：陌上就是“田间”。古代规定，田间小路，南北方向叫做“阡”，东西走向的田间小路叫做“陌”。

浅解：

蒙吕松（Montlucon），法国中部城市。位于谢尔河上游、贝利运河的南端。此诗描述了孟冬时节的蒙吕松市市景，溪边垂柳，春天将临，人迹罕至、清新脱俗的景色令人心神安宁。

简译：清新柳树丝绦蔓垂，溪流之旁春意盎然。无悲无喜心中恬淡，天地严寒不见人影。

林寂风凄向夜分①，山城千仞日才曛。
野行②处处艰投宿，白马③人家早闭门。

夜宿 Éuaux，此地有 hōtel 名 Cheval blanc 者，以时太晚，不纳旅客。

注释：

①夜分：夜半。《韩非子·十过》："昔者卫灵公将之晋，至濮水之上，税车而放马，设舍以宿，夜分而闻鼓新声者而说之，使人问左右，尽报弗闻。"

②野行：谓在野外行走。宋·梅尧臣《依韵和师直仲春雪中马上》："野行方有味，缓辔不须催。"

③白马：Cheval blanc 为白马堡。

浅解：

此诗描述了饶公夜晚投宿白马堡（Cheval blanc）遭遇闭门谢客的窘况。

简译：寂静冷风吹的深夜，落日余光隐没山城。野外行走投宿艰难，白马城堡闭门谢客。

深更兼味[①]得应难，乳酪清茶兴不阑。
枵腹[②]莽苍桑下宿[③]，明朝于迈劝加餐。

深夜不易得食。诗经："无小无大，从公于迈。"

注释：

①兼味：两种以上的菜肴。《穀梁传·襄公二十四年》："五穀不升，谓之大侵。大侵之礼，君食不兼味。"

②枵腹：空腹。谓饥饿。唐·康骈《剧谈录·严士则》："士则具陈奔驰陟历，资粮已绝，迫于枵腹，请以饮馔救之。"

③下宿：在佛陀时代，出家人是乞食托钵，居无定所的。所以出家一般夜里，都是在树下休息的。

浅解：

深夜无处觅食，饥饿令人困窘不堪，饶公写出了当时心境。

简译：半夜三更觅食艰难，奶酪清茶意兴未尽。忍饥夜宿荒野桑树，明日行途饱吃加餐。

抱膝①车中阅数州，乍看初日吐林丘。
寻山晞发②宁辞远，坯上清晨快纵眸③。

遥望 Puy—de—Dōme。尔雅：“山一成曰坯。”故以坯音译 Puy。

注释：

①抱膝：以手抱膝而坐。有所思貌。《三国志·蜀志·诸葛亮传》“亮躬耕垄亩，好为《梁父吟》”。裴松之注引三国·魏·鱼豢《魏略》：“每晨夕从容，常抱膝长啸。”
②晞发：晒发使干。常指高洁脱俗的行为。《楚辞·九歌·少司命》：“与女沐兮咸池，晞女发兮阳之阿。”
③纵眸：指放远眺望。

浅解：

多姆山省是法国奥弗涅大区所辖的省份。饶公驱车赶到多姆山省，于山中远眺，诗中“初日吐林丘”、“晞发”尽现景色的高洁脱俗。

简译：车中抱膝阅览州乡，初日山林交相辉映。山中晞发不辞远行，清晨坯上放远眺望。

逐日追风兴未终，稠林①人在画图中。
灵风②圣迹③分明在，遥见青青簇半空。

指 Maiaon de sailles 等处。

注释：

①稠林：密林。汉·刘向《说苑·敬慎》：“吾尝见稠林之无木，平原为溪谷。”
②灵风：修道者或神灵的风范。南朝·梁·陶弘景《授陆敬游十赉文》：“尔期诚玄契，遐想灵风，至怀所诣，因心则通。”
③圣迹：有关某种宗教或其传说的遗迹。唐·王勃《观佛迹寺》诗：“莲座

神容俨，松崖圣迹余。”

浅解：

古老的法国 Maiaon de sailles 等遗迹，坐落于山林隐秘之处，人在其中，如置画中。

简译：逐日追风意犹未尽，林密人如置身画中。古老圣迹灵气犹存，郁郁青青簇拥其中。

能从沙砾辟荆榛①，羽翼青冥②信绝伦。
下视高原三万里，云峰未宿桃源人③。

Le Barrage des Fades。魏刘广有下视篇，谓：“视下者，见之详矣。”见全三国文。“羽翼青冥”出王安石诗。

注释：

①荆榛：泛指丛生灌木，多用以形容荒芜情景。三国·魏·曹植《归思赋》：“城邑寂以空虚，草木秽而荆榛。”
②羽翼青冥：指翱翔天际。宋·王安石《鸱》诗：“不知羽翼青冥上，腐鼠相随势亦高。”
③桃源人：晋·陶潜《桃花源记》记载的与世隔绝之民。

浅解：

于 Fades 大坝俯视山景，如飞鸟于天空翱翔俯瞰，远近之景一览无遗。

简译：于荒野处披荆斩棘，腾空翱翔绝伦超奇。俯视高原极三万里，白云峰巅无桃源人。

砥柱①擎天②孰比高，修河（Siouls）北去势滔滔。
奔车何必伤逝水，大任天庸付我曹③。

仲尼观水，有逝者如斯之叹。Lévy 驾车镇日，自日中至晚上十一始得食，余戏谓此真“饿体肤，劳筋骨”者矣。岂孟轲氏云：“天将降大任”者非耶？

注释：

①砥柱：就像屹立在黄河急流中的砥柱石一样。比喻坚强独立的人能在动荡艰难的环境中起支柱作用。

②擎天：托住天。形容坚强高大有力量。唐·孟郊《怀南岳隐士》诗："见说祝融峰，擎天势似腾。"

③我曹：我辈。

浅解：

孟子所说的"故天将降大任于斯人也，必先苦其心志，劳其筋骨，饿其体肤，空乏其身……"如今因赶路而疲惫饥饿，是否上天将有大任降临我身。饶公自讽解嘲，区区的羁旅之行，何必要为"逝水"感伤，何必要为上天是否降大任而劳心劳力呢。表现了饶公追求平淡、自由、超俗之精神。

简译：砥柱擎天谁更高明，修河北流其势滔滔。驱车奔走何必感伤，上天大任难降我辈。

手攀橡木陟崔巍①，嘉树余怀久往来。
挂眼②星辰如可摘，齐州九点③望中开。

咏Chêne。山中遍植此树，因忆韩愈谪潮州，手植橡木，人谓之韩木，其画记云："时往来余怀也。"

注释：

①崔巍：高峻，高大雄伟。《楚辞·东方朔〈七谏·初放〉》："高山崔巍兮，水流汤汤。"

②挂眼：犹惹眼，留意。唐·韩愈《赠张籍》诗："吾老著读书，余事不挂眼。"

③齐州九点：齐州：指中国。俯视九州，小如烟点。唐·李贺《梦天》诗："遥望齐州九点烟，一泓海水杯中泻。"

浅解：

饶公于山中看见Chêne（橡树），联想起家乡潮州的韩祠橡木，萌生思乡怀乡之情。

简译：徒手攀橡木登高山，美誉嘉树使人怀念。点点繁星惹眼可摘，从中眺望九州如点。

山路崎岖石半焦，道旁恶竹[①]又干霄[②]。
嘉名金谷钟神秀，乞与[③]山灵作白描[④]。

Mont—D’ or 以意译之，可称“金谷”。

注释：

①恶竹：残枝朽木。
②干霄：高入云霄。唐·刘禹锡《和兵部郑侍郎省中四松诗十韵》：“便有干霄势，看成构厦材。”
③乞与：给与。《南史·宋江夏文献王义恭传》：“奢侈无度，不爱财宝，左右亲幸，一日乞与，或至一二百万；小有忤意，辄追夺之。”
④白描：国画中指纯用墨线勾勒，不加颜色渲染的画法。饶公擅长此法。

浅解：

饶公描述了 Mont—D’or 山谷中神秀之景，并萌生白描作画之想法，从侧面反映了“金谷”不加颜色渲染的自然天成之美。

简译：山道崎岖路有礁石，残枝朽木高入云霄。“金谷”嘉名神奇秀丽，欲将山灵白描入画。

净居圣寺兀嵯峨，昙钵穹窿镇伏魔。
蓦忆陆浑山下火[①]，人间桑海变何多。

Pierre le Chestal。支谦尝隐穹窿山中，其《法句经序》云：“昙钵偈者，昙之言法。钵者，句也。”即 Dharmapata，此借指《圣经》（Bible）。是地属火山余脉。

注释：

①陆浑山下火：陆浑，山名，在河南洛阳。山下火，火山余热。陆浑山水为火山余脉。

浅解：

Pierre le Chestal为火山余脉，其超俗的景色令饶公联想到支谦在穹窿山的隐居生活以及同样是火山余脉的陆浑山景，感慨人间的沧桑之变。

简译：净居圣寺嵯峨兀立，穹窿法句镇伏妖魔。追忆陆浑山下余火，人间变化沧海桑田。

绿遍郊原浩莫分，花塍[①]交错自成文[②]。
风幡不动[③]山逾静，桑树鸡鸣又一村。

注释：

①花塍：花卉与小堤。

②自成文：自然形成纹理。

③风幡不动：《坛经》（《行山第一》通行本）记载着一段故事："时有二僧论风幡义，一曰风动，一曰惜动，议论不已。惠能进曰：'不是风动，不是幡动，仁者心动。'一众骇然。"

浅解：

此诗描绘了山间村落的田园风光，给人以安静闲适的感觉，清净悠然。

简译：绿遍山原浩渺无分，花堤交错自成纹理。风幡不动山林寂静，桑下鸡鸣又过一村。

檐角峥嵘[①]倚古馗，十方[②]异轨[③]总同归。
云中周道[④]真如砥，绝顶题名绕一围。

注释：

①峥嵘：幽深阴暗；阴沉。《文选·鲍照〈芜城赋〉》："崩榛塞路，峥嵘古道，白杨早落，塞草前衰。"

②十方：指东、西、南、北、东南、西南、东北、西北、上、下十个方位。

③异轨：不同的途径。《宋书·谢灵运传论》："扬、班、崔、蔡之徒，异轨同奔，递相师祖。"

④周道：大路。《诗·小雅·四牡》："四牡騑騑，周道倭迟。"

浅解：

此诗描绘了山巅古道之景，大道平坦，登顶题名，写出了登山的畅快；诗中亦体现饶公坦然从容的人生态度。

简译：檐角幽深依靠古道，路子不同归宿相同。云中大道如此平坦，环绕一周绝顶题名。

群峰万派此朝宗①，古柏经冬倍郁葱。
思得愚公②助一臂，移山来此听晨钟。

注释：

①朝宗：古代诸侯春、夏朝见天子。后泛称臣下朝见帝王。《周礼·春官·大宗伯》："春见曰朝，夏见曰宗，秋见曰觐，冬见曰遇。"

②愚公："愚公移山"故事的主人公。亦常用以比喻做事有顽强毅力、不怕困难的人。出自《列子·汤问》。

浅解：

饶公化用愚公移山之典，认为如此高峻之山是愚公移山之果，眼前古柏郁葱，坐听晨钟，令人赏心悦目。

简译：千万群峰以此为宗，经冬古柏郁郁葱葱。想得愚公助一臂力，将山移此坐听晨钟。

雕梁仙宇[①]认飞升，阒尔[②]神龛[③]乱草青。
真照无知宁待说[④]，横江何处与扬灵。

注释：

①仙宇：饰有浮雕、彩绘的梁；装饰华美的梁。南朝·梁·萧统《锦带书十二月启·姑洗三月》："燕语雕梁，状对幽闺之语。"

②阒尔：寂静貌。

③神龛：供神像或祖宗牌位的小木阁。《坛经·咐嘱品》："〔惠能〕奄然迁化……十一月十三日迁神龛并所传衣钵而回。"

④真照无知宁待说：真照无知，出自《般若无知论》："（但以虚而照物，故非有知之可取。）非有，故知而无知。（以真照体虚，故虽知而无知。）非无，故无知而知。（言非无者，以无妄知，故真知弥照。）是以知即无知，无知即知。"宋·王安石《寓言》诗之三："未能达本且归根，真照无知岂待言。"

浅解：

饶公登山观庙，阐述真照无知之佛理："知即无知，无知即知。"此中之真意，只可意会，不可言说。

简译：仙宇雕梁境界高深，寂静神庙乱草青青。真照无知不可言说，横陈之江何处显灵。

万态云烟日卷舒[①]，重丹复碧树扶疏[②]。
凭高待共浮云约，路转悬桥[③]必坦途。

注释：

①卷舒：卷起与展开。唐·韩愈《符读书城南》诗："灯火稍可亲，简编可卷舒。"

②扶疏：枝叶繁茂分披貌。《吕氏春秋·任地》："树肥无使扶疏，树硗不欲专生而族居。肥而扶疏则多秕，硗而专居则多死。"

③悬桥：高悬的桥。唐·李端《赠道者》诗："花开深洞仙门小，路过悬桥羽节轻。"

浅解：

此诗前两句写景，后两句因景生理，即事见理，在自然景中蕴含人生哲理，充满睿智之感。

简译：云烟变化卷舒蔽日，枝叶繁茂半掩丹阳。登临高处邀约浮云，转得悬桥必是坦途。

春风墙罅[①]拂蛛丝，挂得斜阳景最宜。
俯仰古今无限意，苍天如盖地如棋[②]。

以上记 Pontgibaud 道中所见景物。

注释：

①墙罅：墙壁细缝。
②苍天如盖地如棋：我们的祖先认为"天似苍穹，地如棋枰。"

浅解：

此诗由景入情，春意盎然，夕阳美景令饶公怀古伤今，感叹人生如棋落子无悔、非宁静无以致远之想。

简译：春风吹拂墙隙蛛丝，黄昏斜阳景色绝佳。怀古伤今无限情意，苍天似盖地如棋盘。

圣母祠[①]前鳜正肥，无风无雨不须归。
吾生原罪[②]如堪赦，愿缚孱魂[③]住翠微[④]。

Oreival 作。此处溪流产 Truite 甚肥美，有译作白鲈，余以其音近鳜，故以鳜称之。

注释：

①圣母祠：法国欧希瓦（Orcival）圣母教堂（Basilique Notre—Dame）。
②原罪：基督教重要教义之一。谓人类的始祖亚当和夏娃在伊甸园中，因受了蛇的诱惑，违背上帝命令，吃了禁果，这一罪过成了整个人类的原始罪过，故名。基督教并认为此罪一直传至所有后代，为此需要基督的救赎。亦喻指与生俱来的罪过。
③孱魂：卑微渺小的灵魂。
④翠微：指青翠掩映的山腰幽深处。《尔雅·释山》："未及上，翠微。"郭璞注："近上旁陂。"郝懿行义疏："翠微者……盖未及山顶孱颜之间，葱郁葐蒀，望之谸谸青翠，气如微也。"

浅解：

圣母教堂仿罗马式教堂建筑，建于十二世纪初。此诗从"鳜肥"、"无风无雨"、"缚孱魂住翠微"等侧面描绘了教堂深幽之境，亦体现饶公隐遁、超然脱俗之心理。

简译：圣母祠前鳜鱼肥美，无风无雨无须归还。我生罪过如可赦免，愿将灵魂托此幽山。

两峰列阵似军屯①，黝壁萧条谷尚温。
欲起庄生聊问讯，何年天地一成纯②。

Les Roches Tuilières et Sanadoine。

注释：

①军屯：指驻屯的军队。《前汉书平话》卷上："朕思之，陈豨造反，多因为寡人与陈豨军屯衣甲器物，是他韩信执用的物件，以此上仇寡人之冤。"
②天地一成纯：《庄子·齐物论》："参万岁而一成纯"。一成纯，浑然无觉的样子。

浅解：

饶公选堂先生2001年于中国历史博物馆（现名国家博物馆）举办书画

展，特撰《展览小引》，自云“夙慕庄生‘参万岁而一成纯’之义”，与此诗思想相仿。庄子指出世界上的一切事物，如生死寿夭、是非得失、有无多少，都应该物我两忘，等同看待，人应该有浑成一体不为纷杂错异所困扰的境界，这也是饶公赞赏而执着的精神境界。

简译：两峰并列俨似军队，暗壁萧条峡谷留温。联想起庄子之问讯，何时天地能一成纯？

平湖芳草碧毵毵①，戴雪遥峰峻宇绀②。
布暖条风③刚酒醒，中天丽日似江南。

Lac de Guéry。

注释：

①毵毵：垂拂纷披貌。《诗·陈风·宛丘》“值其鹭羽”三国·吴·陆玑疏：“白鹭，大小如鸱，青脚高尺七八寸，尾如鹰尾，喙长三寸许，头上有毛十数枚，长尺余，毵毵然与众毛异。”
②绀：红青，微带红的黑色。
③条风：东风。一名明庶风，主春分四十五日。宋·周邦彦《应天长·寒食》词：“条风布暖，霏雾弄晴，池塘遍满春色。”

浅解：

此诗描绘了Lac de Guéry之春景，冰雪未融，暖风吹拂，让饶公一下子联想到“春风又绿江南岸”的江南美景。

简译：湖水平铺芳草青青，遥峰覆雪屋宇红黑。东风布暖醉酒刚醒，阳光普照景似江南。

暂游千里未消魂①，雪后山成屋漏痕②。
妙句佳书同一理，几时悟到十玄门③。

注释：

①消魂：灵魂离散。宋·陆游《夜与子遹说蜀道因作长句示之》：“忆自梁州

入剑门，关山无处不消魂。”

②屋漏痕：书法术语。比喻用笔如破屋壁间之雨水漏痕，其形凝重自然，故名。唐·陆羽《释怀素与颜真卿论草书》载：颜真卿与怀素论书法，怀素称：“吾观夏云多奇峰，辄常效之，其痛快处，如飞鸟出林，惊蛇入草，又如壁坼之路，一一自然。”颜真卿谓：“何如屋漏痕？”怀素起而握公手曰：“得之矣！”

③十玄门：中国佛教华严宗的基本教义之一。又称十玄缘起，是法界缘起的重要内容。它要求观察一切事物时，把现象看作是圆融无间的，所以又谓“十玄无碍”、“十无碍”。

浅解：

此诗写游赏感触，由景入诗，阐述诗书画同一的道理。

简译：游赏千里未觉销魂，雪后山如屋漏之痕。诗歌书法本是同源，何时悟到圆融无间。

车间驴背总消魂，客舍题襟[①]杂酒痕。
山色如诗诗似梦，不同杜老出夔门[②]。

Puy de Sancy 偶忆陆游诗和作。

注释：

①题襟：抒写胸怀。唐·温庭筠、段成式，余知古常题诗唱和，有《汉上题襟集》十卷。见《新唐书·艺文志四》、宋·计有功《唐诗纪事·段成式》。后遂以“题襟”谓诗文唱和抒怀。

②杜老出夔门：夔州，今四川鱼复县。唐代杜甫晚年到西南漂泊流落夔州，凄苦不堪，加上安史之乱时期他经历了许多重大的社会事件和政治变故，让他的社会心态、政治心态和人生心态发生了深刻变化。在夔州不到两年的时间就创作了四百多首诗歌，在这个时候创作的诗歌体现了他对社会的失望和对人性的窥探以及他一生经历的总结。

浅解：

此诗描写了游赏时的痛快欢愉：饮酒、题诗唱和，庆幸自己生逢盛世，亦表现出对杜甫的同情，对人生漂泊、现实社会的种种无能为力感到无奈。

简译：车间驴背令人销魂，客舍题诗酒气相杂。山色如诗诗歌似梦，不同杜老夔门之叹。

古柯①异石乱交加，石自痴顽②枝自斜。
人外③忽惊春数点，隔离灿烂有苹花。

咏苹果树（Pommier）。

注释：

①古柯：即高根。常绿灌木。叶子互生，长椭圆形，花黄绿色，果实为核果。
②痴顽：不合流俗。
③人外：犹世外。《后汉书·陈宠传》："勤字叔梁，笃性好学，屏居人外，荆棘生门，时人重其节。"

浅解：

此诗借苹果花烘托春意，语言简洁淡雅而意境高深。

简译：灌木异石错杂交加，石头痴顽枝叶斜倚。旷野忽现几点春色，苹果花灿烂隔离天日。

回飙①岭上可钼荒②，万绿丛中白间黄。
刀割③香涂生意④在，穷山合署水仙王。

咏黄水仙（Jonquille）。

注释：

①回飙：旋转的狂风。汉·贾谊《惜誓》："临中国之众人兮，托回飙乎尚羊。"
②钼荒：开垦荒野。钼，古同"锄"。

③刀割：水仙花的雕刻造型其目的是通过刀刻或其他手段使水仙的叶和花矮化、弯曲、定向、成型，根部垂直或水平生长，球茎或侧球茎按造型要求养护、固定。

④生意：生机，生命力。元·宫天挺《范张鸡黍》第一折：“阴阳运，万物纷纷，生意无穷尽。”

浅解：

饶公此诗咏漫山遍野的野生黄水仙，将其花色、花香、顽强的生命简洁鲜明地描绘出来，给人清新之感。

简译：狂风回旋岭上辟荒，绿叶丛中黄白相间。雕琢涂香生机勃勃，漫山共育水仙之王。

临湖徙倚[①]两三松，微径思寻麋鹿[②]踪。
双桨来时人影乱，小船摇曳出芦中。

帕文湖（Lac Pavin）。

注释：

①徙倚：犹徘徊；逡巡。《楚辞·远游》：“步徙倚而遥思兮，怊惝怳而乖怀。”

②麋鹿：中国著名的特产动物，即“四不像”。此诗借指小鹿等动物。

浅解：

此诗描述帕文湖（Lac Pavin）的湖景，松下赏景，小船荡水，动物留踪，显现出一派宁静平和的自然景象。

简译：湖边松下独自徘徊，寻找麋鹿小径留踪。双桨荡水人影纷乱，小船摇曳驶出芦中。

过岭翻疑地势殊，林如列戟[①]草如蒲。
重山曲折开春晓，深远宜为幽谷图[②]。

注释：

①列戟：宫庙、官府及显贵之府第陈戟于门前，以为仪仗。《旧唐书·德宗纪下》："壬戌，诏以太尉、中书令，西平郡王李晟长子愿为银青光禄大夫、太子宾客，赐勋上柱国，与晟门并列戟。"
②幽谷图：宋·郭熙画作《幽谷图》。

浅解：

此诗描绘山景，深山险象环生，草木繁茂，有如幽谷图之画境。正所谓"江山如画"，亦体现饶诗"诗中有画，画中有诗"之境。

简译：越岭惊叹险峻之山，林如列戟草若蒲垫。叠嶂山峦春意盎然，深远之境如幽谷图。

硐底①栖禽千种啭②，峰头森木百重泉。
恐除山鬼③难专壑，十里幽篁④不见天。

山上的康塔尔（Les Monts du Cantal）。

注释：

①硐底：山沟。
②啭：鸟婉转地鸣叫。
③山鬼：山神。《史记·秦始皇本纪》："山鬼固不过知一岁事也。"
④幽篁：指幽深的竹林。《楚辞·九歌·山鬼》："余处幽篁兮终不见天。"

浅解：

此诗描绘了山上的康塔尔（Les Monts du Cantal）深幽无人之境，"恐除山鬼难专壑"的人间仙境令人流连。

简译：山谷回荡鸟儿鸣声，峰巅林密泉水凝流。恐除山神无人专壑，幽竹十里不见天日。

尽日车行万叠山，山灵[1]应是笑吾顽。
不烦泉石惊知己，一听潺潺亦解颜[2]。

La Cascade de Sartre。

注释：

①山灵：山神。《文选·班固〈东都赋〉》："山灵护野，属御方神。"
②解颜：开颜欢笑。《列子·黄帝》："自吾之事夫子友若人也……五年之后心庚念是非，口庚言利害。夫子始一解颜而笑。"

浅解：

饶公与泉石灵犀相通的知己感来发掘和描绘 La Cascade de Sartre 重山雄奇之美，在诗中灌输一种特殊的山水审美经历，令人赏心悦目。

简译：终日驱车过万重山，山神嘲笑我的顽固。泉石惊叹知己到来，潺潺水声令人颜笑。

此峰不语立中原，俯视纷纷旷野分。
何处征禽[1]西北去，极天云海走蝹蜿[2]。

Col de Serre。

注释：

①征禽：远飞的鸟。南朝·梁·沈约《八咏诗·晨征听晓鸿》："美明月之驰光，顾征禽之驶翼。"
②蝹蜿：龙行貌。亦谓曲折起伏貌。《玉篇·虫部》："蝹蜿，龙皃。"

浅解：

Col de Serre 山峰独立于旷野，登高俯视九州之地，征禽西飞，云朵连绵，呈现出豁达开朗的自然之风。

简译：山峰静默傲立中原，俯视旷野分作九州。远征西北鸟飞何处，天边云朵连绵起伏。

危磴①贫居劳者歌，道旁冰块尚嵯峨②。
亦知击壤③今何世，想见民风乐岁傩④。

Auvergne 山民有其音乐舞蹈，如 Chants de Moïse 之唱。山歌若 Adieu pauvre carnival 为狂欢节讴歌，乐而忘其贫也。

注释：

①危磴：高峻的石级山径。北周·庾信《和从驾登云居寺塔》："重峦千仞塔，危磴九层台。"

②嵯峨：险峻。《楚辞·淮南小山〈招隐士〉》："山气巃嵸兮石嵯峨，溪谷崭岩兮水曾波。"

③击壤：相传唐尧时有老人击壤而唱歌。《艺文类聚》卷十一引晋·皇甫谧《帝王世纪》："〔帝尧之世〕天下大和，百姓无事，有五十老人击壤于道。"

④傩：古代腊月驱逐疫鬼的仪式，此指狂欢节。

浅解：

此诗描述了 Auvergne 山民凭音乐舞蹈狂欢讴歌，乐而忘其贫的朴素民风。

简译：山中贫困山民有歌，道路旁边冰雪嵯峨。击壤唱歌当今何世，Auvergne 民喜讴歌狂欢。

残雪高低久未消，盘纡①云栈②入青霄。
山尖径仄③风成朔，目送飞鸿④过石桥。

登 Puy Mary 绝顶，即回车下山。

注释：

①盘纡：回绕曲折。《淮南子·本经训》："木巧之饰，盘纡刻俨，嬴镂雕琢，诡文回波。"

②云栈：悬于半空中的栈道。唐·王建《送李评事使蜀》诗："转江云栈细，近驿板桥新。"

③径仄：即仄径。狭窄的小路。

④目送飞鸿：双目远眺送走飞鸿。化用三国·嵇康《四言赠兄秀才入军诗》："目送归鸿，手挥五弦。"

浅解：

Puy Mary 绝顶，冰雪未曾融化，空中栈道迂回，饶公迈步于石桥之上，目送鸿雁飞过，回车下山。给人一种愉悦轻松之感。

简译：山顶残雪久未消融，栈道迂回直入云霄。山巅小路北风吹拂，目送鸿雁迈过石桥。

老屋空林草一丘，曾于重译识前修①。
又陵②雅达③诚堪味，法意④渊微⑤即自由。

Bordeaux 访孟德斯鸠故宅。自严复又陵译其《法意》，孟氏之名遂远播中国。

注释：

①前修：犹前贤。即孟德斯鸠。《楚辞·离骚》："謇吾法夫前修兮，非世俗之所服。"

②又陵：严复（1854—1921）原名宗光，字又陵，后改名复，字几道，汉族，福建侯官人。清末很有影响的资产阶级启蒙思想家、翻译家和教育家，中国近代史上向西方国家寻找真理的"先进的中国人"之一。

③雅达：雅正通达。严复译文简练，首倡"信、达、雅"的译文标准。《孔丛子·与从弟书》："雅达博通，不世而出。"

④法意：将法文翻译成中文。

⑤渊微：深沉精微。《后汉书·张衡传论》：“故知思引渊微，人之上术。”

浅解：

孟德斯鸠，法国伟大的启蒙思想家、法学家。孟德斯鸠不仅是18世纪法国启蒙时代的著名思想家，也是近代欧洲国家比较早的系统研究古代东方社会与法律文化的学者之一。饶公在此诗中讲述了自己了解孟德斯鸠的经过，是始于严复的译文，诗中既是对孟德斯鸠的缅怀，亦是对严复译文以及其文化思想的赞扬。

简译：空林老屋筑于草丘，曾从译者认识前贤。又陵文笔雅达有味，法意精微即是自由。

孰言①鸟兽不同群，城市山林故不分。
待为先生②演尔雅，鹦哥他日定能文。

Lévy家中养猫六头，鸭七只，犬一，鹦鹉一，笼中小鸟，叽叽喳喳，饮食与共。孔子云：“鸟兽不可与同群。”先生殆非其徒欤！黄山谷有“演雅”一篇。

注释：

①孰言：是谁说道。孰，谁。
②先生：指Lévy。

浅解：

黄庭坚《演雅》全诗共写了四十二种鸟虫的情态。《演雅》之名是取“演述《尔雅》”之义。据郭璞《尔雅序》所说，《尔雅》的功能是：“所以通诂训之指归，叙诗人之兴咏，总绝代之离词，辨同实而殊号者也。”所谓“多识于鸟兽草木之名者”，只是其功能之一。饶公此诗描述Lévy家中鸟兽同群、饮食与共之趣，质疑孔子的“鸟兽不可与同群。”亦有黄山谷“演雅”以游戏为诗的倾向，从中反映农家之乐，全诗趣味十足。

简译：谁道鸟兽不可同群，城市山林没有区分。等待先生演绎尔雅，鹦哥他日定能作文。

波光一抹属诗人①，修竹茂林②可结邻。
欲祷上清③许沦谪④，灵山合老倦游身。

［以上丙辰（一九七六）年在法国中部作］

注释：

①属诗人：指山景充满诗情画意。
②修竹茂林：茂密高大的竹林。晋·王羲之《兰亭集序》：“此地有崇山峻岭，茂林修竹。”
③上清：上天；天空。《汉书·扬雄传下》“不能撠胶葛”唐·颜师古注：“胶葛，上清之气也。”
④沦谪：被贬斥；沦落。唐·李商隐《重过圣女祠》诗：“白石岩扉碧藓滋，上清沦谪得归迟。”

浅解：

波光粼粼，有竹为邻，山有灵气。正是饶公甚至是所有崇尚自然之人日思夜盼的归宿，如此良辰美景直教饶公祈求上天，望与山共游，安顿倦老之身。

简译：波光尽显诗情画意，茂密竹林与之为邻。祈求上天许我沦落，灵山倦老相邀共赏。

Thoronet 寺[①]

七月鸣蜩[②]喧四周，野风噀绿[③]上征衣[④]。
奔泉袅袅松林外，寺古无僧只客归。

注释：

①Thoronet 寺：托罗奈修道院。

②鸣蜩：蝉的一种，亦称秋蝉。体黑色，长一寸余，翅色赭褐，脉黄色，胸腹部下被白粉，鸣器小而成卵圆形，秋间日没时常长鸣不已。亦谓蝉鸣叫。《诗·豳风·七月》：“四季秀葽，五月鸣蜩。”

③噀绿：披绿，染绿。噀，喷，喷水。

④征衣：旅人之衣。唐·岑参《南楼送卫凭》诗：“应须乘月去，且为解征衣。”

浅解：

此诗描述了七月 Thoronet 修道院的景象，虽然是一座没有僧侣的“寺庙”，但环境舒适，旅客络绎不绝，不愧为中世纪宗教艺术的圣地。

简译：七月鸣蝉四周喧闹，野风染绿吹上征衣。泉声袅袅奔赴松林，古寺无僧旅客不绝。

Carcès 湖

从薄[1]相依护此湖，涟漪弱柳卧菰蒲[2]。
暖风待客殷勤甚，满载秋阳上坦途。

注释：

①丛薄：茂密的草丛。《楚辞·刘安〈招隐士〉》："丛薄深林兮人上栗。"洪兴祖补注："深草曰薄。"

②菰蒲：借指湖泽。南唐·张泌《洞庭阻风》诗："空江浩荡景萧然，尽日菰蒲泊钓船。"

浅解：

此诗描述了 Carcès 湖之风光，温柔的水色泛起涟漪，岸边草丛、垂柳连绵，暖风吹拂，令人赏心悦目。

简译：茂草相依簇拥湖水，水面涟漪柳垂堤岸。暖风待客殷勤十足，秋阳普照携上坦途。

醋山（Mont Vinaigre）

迎面孤峰削不成①，何人吃醋锡②嘉名。
伞松无数张华盖③，荫得稻花满意生。

注释：

①削不成：不是人工所能削成，意旨大自然之巧夺天工。
②锡：赏赐。
③华盖：帝王或贵官车上的伞盖。《汉书·王莽传下》："莽乃造华盖九重，高八丈一尺，金瑵羽葆。"

浅解：

此诗展现了醋山的奇丽景色，醋山（Mont Vinaigre）位于法国东南部地中海边缘的普罗旺斯附近，爱斯特尔火山山脉的主峰。松树如伞，花开遍野，山美名奇令人赞叹。

简译：孤峰迎面巧夺天工，是谁吃醋赐予嘉名。松树无数张如伞盖，荫户稻花遍地而生。

蝉居[1]（Lou Cigalige）偶成三首　汪德迈新宅

新屋名花意倍幽，松风吹影落茶瓯[2]。
蝉声长是多饶舌[3]，还伴清泉细细流。

注释：

①蝉居：蝉居山野。此指王德迈新居的深幽。
②茶瓯：茶瓯是最典型的唐代茶具之一，也有人称之杯、碗。
③饶舌：絮叨，多嘴。

浅解：

此诗简洁地描述了王德迈新居深幽脱俗的环境：屋中名花，山风拂面，蝉声不绝，清泉细流。

简译：新屋名花其境更幽，山风松影尽落茶杯。多嘴秋蝉长鸣不停，清泉相伴细细长流。

何来脚底更雷鸣，一犬噤寒[1]不做声。
独自闭门非觅句，雨姿晴态总关情。（喜雨作。）

注释：

①噤寒：噤若寒蝉。像深秋的蝉那样不说话。比喻有所顾虑而不敢说话。
②总关情：一举一动都牵动着我们的感情。清·郑板桥《潍县署中画竹呈年伯包大中丞括》："些小吾曹州县吏，一枝一叶总关情。"

浅解：

在饶公诗中，下雨是一种生活情趣，此诗饶公闭门听雨，享受雨天的优美自然乐趣，亦从侧面体现了王德迈新居的清雅、舒适。

简译：脚下雷鸣从何处来，犬若寒蝉不敢吠叫。独自闭门非觅诗句，或雨或晴牵动我情。

橄榄成林合作图，桃花夹竹映氍毹[①]。
新尝嘉馔[②]牛心炙[③]，况有黄蜂酒味腴[④]。

注释：

①氍毹：一种毛织或毛与其他材料混织的毯子。可用作地毯、壁毯、床毯、帘幕等。《乐府诗集·相和歌辞十二·陇西行》："请客北堂上，坐客毡氍毹。"

②嘉馔：美食。汉·王符《潜夫论·赞学》："是故君子之求丰厚也，非为嘉馔、美服、淫乐、声色也，乃将以底其道而迈其德也。"

③牛心炙：指用牛心做的一种菜肴。清·赵翼《桐山斋中杜鹃花》诗："况有牛心炙，兼烹雀舌芽。"

④腴：醇厚。

浅解：

在如画山林之中，桃花夹竹共赏，美食醇酒做伴，实为人生中的一大快事。

简译：橄榄成林画作美图，桃花夹竹映衬地毯。品尝美食牛心佳肴，更有黄蜂酒味醇厚。

Le Trayas 晚兴四首

斜晖渲出紫巉岩[①]，海入地中类碧潭。
来往十年真一梦，明朝归去意何堪。

注释：

①巉岩：险峻的山岩。战国·楚·宋玉《高唐赋》："登巉岩而下望兮，临大阺之稸水。"

浅解：

从 Le Trayas 出海口远望岩石险峻，海水碧绿的黄昏景象，令饶公心里感慨，距上次饶公来法国，转眼十年已过，真如一梦，岁月流逝令人嗟叹。

简译：斜阳渲染险岩泛紫，地中海色如若碧潭。来往十年真如一梦，明朝归去情意何堪。

谁把青山尽变红，飞鸿正掠夕阳空。
薄寒[①]催暝月初出，槛外云飞不碍风。

注释：

①薄寒：微寒。《楚辞·九辩》："憯凄增欷兮，薄寒之中人。"

浅解：

此诗描述了日落之景，落日绯红色的光芒将青山映红，鸿雁惊飞，初月升起，一切好像进入仙景般的世界。

简译：谁把青山化为红色，飞鸟掠影夕阳空晴。冷催日落明月方出，槛外飘云不碍风吹。

鱼虾兼味人新醅[①]，乍逐群鸥海上来。
凉晕波光摇鬓影[②]，古台檐树久低回。（戴老置酒饯余）

注释：

①新醅：新酿的酒。唐·白居易《问刘十九》诗："绿蚁新醅酒，红泥小火炉。晚来天欲雪，能饮一杯无？"
②鬓影：鬓发的影子。语本唐·骆宾王《在狱咏蝉》："那堪玄鬓影，来对白头吟。"

浅解：

戴老（戴密微）为饶公饯行，美酒佳肴，群鸥追逐，波光滟潋，一切皆让饶公难以忘怀。

简译：鱼虾美味醇酒新酿，群鸥相逐海上而来。波光冷艳鬓影摇曳，古台檐树令人流连。

素月[①]赪霞[②]相与明，阴晴我欲问山灵。
凝成凄碧秋无际，静夜灯如万点萤。

［以上丙辰（一九七六）在法南作］

注释：

①素月：皓月，明月。晋·陶潜《杂诗》之二："白日沦西阿，素月出东岭。"
②赪霞：红色的云霞。南朝·齐·谢朓《望三湖》诗："积水照赪霞，高台望归翼。"

浅解：

此诗描述了夕阳西下，夜幕降临的山景，诗中体现浓厚的抑郁情绪。

简译：明月红霞交相辉映，阴晴圆缺要问山灵。凝汇凄碧冷秋无际，静夜灯如万点萤火。